七彩兰馨

于华民 著

山東文藝出版社

图书在版编目（CIP）数据

七彩兰馨 / 于华民著 . —济南：山东文艺出版社，2023. 5

ISBN 978 – 7 – 5329 – 6872 – 5

Ⅰ. 七… Ⅱ. ①于… Ⅲ. ①诗集—中国—当代 Ⅳ. ①I227

中国版本图书馆 CIP 数据核字（2023）第 065580 号

七彩兰馨

QICAI LANXIN

于华民　著

主管单位　山东出版传媒股份有限公司
出版发行　山东文艺出版社
社　　址　山东省济南市英雄山路 189 号
邮　　编　250002
网　　址　www. sdwypress. com

读者服务　0531 – 82098776（总编室）
　　　　　　0531 – 82098775（市场营销部）
电子邮箱　sdwy@ sdpress. com. cn

印　　刷　山东新华印务有限公司
开　　本　710 毫米 × 1000 毫米
印　　张　24
字　　数　160 千
版　　次　2023 年 5 月第 1 版
印　　次　2023 年 5 月第 1 次印刷
书　　号　ISBN 978 – 7 – 5329 – 6872 – 5
定　　价　58. 00 元

自　序

汉语言艺术，是漫长的人类文明在发展过程中特有的意识形态，其典雅优美的特质，对古今中外文明的发展和交流，有着锦上添花的琳琅；其对世上万事万物间内在联系的阐释，将抽象概念予以形象化的表述，让人们对事物的认识由迷茫到清醒，又如同雪中送炭的温暖。亘古文明至今天盛世，在物质产品极大丰富的当下，人们对精致的精神文明的渴求，一如既往。

回溯诗词歌赋之源，《诗经》的风雅颂经先圣孔子的编纂，如同日月辉映着汉语言艺术的长河。《道德经》所展现的思想内涵与高度完美的艺术形式，如涓涓流淌的上善之水，滋润着民族文化参天大树的根本。《楚辞》中汨罗江畔的屈原，以深度的思考和丰富的联想，铺陈着绚彩的笔墨，憧憬着理想主义的社稷，探索着唯美主义的艺术，“横而不流兮”，超越世俗偏见，在天地间“路曼曼其修远兮”，成为历代中国文人高风雅士永不枯竭的精神源泉。东晋的陶渊明以超然出世的文笔为山水镌刻了一幅徜徉于世壤尘嚣之上的桃花源风景，以至于后人为其寻觅不止，为其唱和不已。唐诗宋词将语言艺术带至后人仰望的高度，诗仙李白诗圣杜甫那饱含深情抑扬顿挫的大雅诗歌，唐宋八大家那典雅淳朴的有韵之文和无韵之笔，至今仍然是当代人必修的古典范文。在传统文化的滋润下，千万年神州大地的诗坛文苑，四季蓊郁七彩满园。

当今时代，人们物质生活的优越开阔了精神生活的视野，高雅精神的追求促进了现代科技的高速发展，亘古先贤的想象一一变成现实。圆梦九天的神舟之旅，将古代敦煌飞天壁画的彩墨渲染上九重玉宇的天庭宫殿。“天问一号”的火星长征，将《楚辞·天问》的探索精神绘制成浩瀚星海的巨幅长卷。

同一个梦想，翱翔在不同的时代和不同的领域；同一脉相承，构思成不同的主题和不同的文体。

我在十几年的诗歌创作中，力求传承华夏经典文化的精华，连接中华民族语言艺术的长篇乐章，构思一曲仙乐的音程，起舞一园七彩的音符。文思于山水之间写意沧海桑田的绵延景深，意象于风花雪月之中芬芳传统文化的仁爱思想。在对古代圣贤的仰望中，歌颂当今时代各行各业的时代楷模，感叹于英雄建功立业的壮举，感动着平凡人爱国爱家爱岗敬业的奉献精神。

在从实践到理论、再由理论到实践的诗文创作中，我毫不动摇地传承“宗经”思想的神韵，对自然和社会进行细致的观察和深入的思考，用思维连接起从景象和情趣而生成的境界和由境界而萌发的语言艺术的桥梁，使思维完成从形式到内容的转化和升华，用不同的文体，文质彬彬地展现与时俱进的创作风格。

在格律严谨的近体诗歌创作中，在音律和韵律的框架下书写不同时代的风采。如在七言排律的构思中，将我之境界的意象中那山的巍峨和水的灵动，镶嵌在每座山固有和变化的自然风光和人文风景之中，以流动的笔触，凝练地述说高山奇峰仁者乐山的俯瞰和清泉飞瀑智者乐水的滋润。作品形式多样，有七言律诗、七言排律、七言古律、七言绝句、五言律诗、五言排律等。

在格律相对宽松的古风诗歌中，自然流畅地运用传统诗歌中的流水对、隔句对等对仗格式，铺陈诗歌意象，更好地展现作品情景交融之风格。沿着先圣周游列国的足迹，领悟其传播思想的远见卓识，敬佩其在社会实践中君子的责任担当，将圣人的话语时刻在脑海心中回响。在经典诗歌的读书笔记中，深刻地感悟诗祖在上古探索道路的艰难和憧憬前景的信心。感慨诗仙诗圣的创作境界，在运笔时如临其境，跟随诗人如鹏高览的情怀在天地之间扶摇。在经典音乐的赏析之中，感动人间的真情，思绪起伏诗意的情节，笔墨沉浸仙境的弥漫……

在现代诗歌的创作中，诗歌的意象和情趣，诗歌的内容和形式，自始至终环绕着立意的中心思想，谋篇构思如细致工笔一般严谨。因为辞藻组合没有音律的限制，句式排列没有格律的约束，诗意时而如凤飞翩，笔墨时而朦胧潇洒。恰到好处的工笔和写意的如影随形，是《七彩兰馨》现代诗歌的亮点。

在散文的创作中，从文学理论的高度深入古人创作的境界，将自己学习经典诗歌的心得融入其中，记录自己的思考。根据自己十几年的诗文创作的实践，体会总结文学创作的艺术构思，实践着优秀传统文化的继承和发展，并将自己对人生的感悟、对过去生活的怀念、对未来前程的憧憬，进行诗情画意的文笔表达。

“君子和而不同”，汉语言文学艺术与世界上各民族的语言艺术，都是人类文明的宝贵财富，“越是民族的越是世界的”，愿优秀传统文化中的语言艺术的传承，在五湖四海的千山万水之间，世世代代百花齐放。

《七彩兰馨》格律诗的音律和韵律依据上海古籍出版社 1989 年出版的《诗韵新编》，此书依照《中华新韵》，将现代汉语归纳为十八个韵部，每一韵部分平声仄声两大类。平声类中，阴平、阳平分列；仄声类中，上声、去声、入声分列。

目 录

第二辑　七言排律

第三辑　七言绝句

第四辑　七言律诗

第五辑　七言古律

第六辑　五言律诗

第七辑　九言古风

第八辑　现代诗

第九辑　散文

第一辑

七言古风

啊！诗仙

——再读《李白》

再深读亘古雅作，
为什么视野开阔？
那无边苍茫大地，
谁之笔不甘蹉跎？
你乘风浩然正气，
你启程满腔报国。
既梦想建功立业，
又珍惜世外静酌。

你之笔仙风皓月，
映星河潺湲淡泊。
你之诗百战疆场，
从军者英勇胜昨。
你之游四时山水，
诵五岳九脉超卓。
你之寄浩渺汶水，
映文学史册炳烁。

你欣遇高山流水，
位翰林供奉文墨。
留盛世组诗歌咏，
其雅风后世远播。
知音之对你赞赏，
化仙气萦绕玉琢。
庸碌之对你妒诽，
使贤能心境焦灼。

逆境中步履坎坷，
人迷茫征程探索。
往天地寄情广袤，
心深谙圣贤寂寞。
向前方久久凝视，
敬亭山安然独坐。
向早年遥遥回溯，
鲲鹏起欣然挥墨。

自北海九渊遨游，
倚浩瀚沧海运斡。

从天池扶摇直上，
飞峥嵘阊阖开廓。
诗仙之艺术境界，
如鲲鹏神奇广博。
其仙风激励万世，
九重远天高海阔。

附注

1. 李白和杜甫的友谊，是中国文学史上珍贵的一页。天宝四载（745）秋，两人自鲁中别后，李白以汶水的浩荡表述了自己对南游杜甫的思念。

2. 《独坐敬亭山》是李白的五言绝句。

3. 《大鹏赋》是李白青年时代的作品。

4. 翰林：唐开元（713—741）以来的文学侍从官，是皇帝的近侍。

奥运女神颂

从奥林匹亚启程，
高举起橄榄芬芳。
传太阳圣火辉映，
旋转舞天蓝霓裳。
向四海五洲飞翼，
清神态自然远航。
圆梦想和平理念，
大视野宇宙万方。

辉映那夏季赛场，
龙凤舞天地高旷。
青绿色山高林郁，
奇岭峰长河万邦。
源泉水浩瀚滋润，
南北极西域东洋。
橄榄枝馨香久溢，
太阳起圣火辉煌。

将冬季冰晶雪白，
雕刻成美丽仙乡。
承经典飞天描绘，
渲染在赛道流芳。
为团队集结信念，
同心梦扬起翅膀。
从难忘定格记忆，
飞更快更高远方。

美丽啊奥运女神，
桂冠上橄榄芬芳。
珍贵啊金色五环，
朝阳起四时韶光。
心与天一蓝深邃，
灵与地一绿瑞香。
翼程远天河昊瀚，
梦起飞信心翱翔。

不老泉

是怎样一程能量，
深深生根于大地。
是怎样一路信心，
时时凝神聚灵气。
承天赋雨露霜雪，
百世万代日月积。
久久将上苍恩赐，
盈盈滋润遂天意。

晨辉映东方朝阳，
温暖宇宙万象吉。
水彩绘天上月亮，
清静银河繁星移。
春唤醒浓浓冬眠，
玉泉甘醇荫四季。
溪环绕高高平原，
长水宛转势逶迤。

源启发智慧萌动，
上善若水古典籍。
心依仁儒雅游艺，
弥漫亘古今胜昔。
春风聚东岳之高，
碧溪绿潭云影奇。
秋水积江河之瀚，
远川大海千万里。

大地仙峰不老泉，
生生世世神灵起。
千佛山松明湖水，
珍珠晶莹月牙熠。
儒馨含香诗词赋，
墨渊飞泉盛世曦。
沸腾久蕴地心酿，
仙源圣水谁人意。

不息之汨罗

汨罗悠悠那水滂，
亦有宇宙之沧桑。
水光粼粼那不息，
亦叹屈原之哀伤。
即使江流能回溯，
谁识屈子那奇芳。
假若时光能倒转，
谁解命运那苍莽。

冷冷古水之吞噬，
曾经谁心不冰凉。
哀哀怀沙之淹没，
难道文笔不洪荒。
以哭当歌奔流急，
高冠长发涉大江。
含冤擎觞心固守，
精雕细刻著文章。

曾有一丛兰花

——怀念父亲

怀念这一丛兰花，
父亲曾经培育它。
在悉心呵护之下，
每年萌发着新芽。
盆中浓沃之土壤，
化作兰韵之典雅。
河中清冷之活水，
滋润兰株之清佳。
清晨一缕缕霞光，
沐浴兰丛之芳华。
夕照一阵阵晚风，
临摹兰幽之古画。
郁郁葱葱之盆盆，
春夏开放着素花。
清清幽幽之朵朵，
香气写意着岁嘉。
应兰之优雅感染，
读兰之清幽焕发。

吾与兰丛之培育，
悉心呵护其倍加。
滋润细细之土坷，
盼兰丛快快发芽。
浇灌淡淡之肥水，
期兰丛慢慢壮大。
迎阳光明媚春天，
看兰韵风景如画。
在骄阳如火夏日，
助兰幽疏影含葩。
听秋来淅淅小雨，
为兰株远离萧飒。
润冬去飘飘白雪，
启兰芳含苞待发。
枝枝出土之蓓蕾，
亭亭玉立之芳华。
四季蓊郁丛丛绿，
春夏香溢满吾家。

曾有一年冬春

——天使赞歌

曾经有一年冬天，
天使从天庭下凡。
为神州带来福音，
变玉宇风景如仙。
天是那么之蔚蓝，
海是那么之浩瀚。
美丽之春天使者，
从九重飞来人间。
在朔风未眠之夜，
散雪花遍地漫天。
化翩然晶莹靓羽，
将诗意带上雪原。
从冬夜即醒微明，
将东方晨晓卷帘。
随冉冉升起初阳，
为春意彩霞渲染。

曾经有一年春天，
天使在山水流连。
为苍生带来福音，
使江山国泰民安。
天不再那么遥远，
海还是那么深蓝。
睿智之白衣天使，
从天堂飞来人间。
佑肥沃土地越冬，
壮绿色禾苗胜寒。
将东风化作雨露，
催春曲耕耘满园。
向塞北草原若风，
回江南绿水如蓝。
风景镌刻在心底，
眷神州大地家园。

嫦娥仙游记

嫦娥漫游清月漾，
一程诗意月天翔。
多少心伴天路远，
多少目凝箭船航。
月船一行月海港，
风起云涌舟济洋。
天之导航明方向，
地之呼唤耳畔翔。
月海漫漫星夜长，
古汐潮流向何方？
日轮悠悠曦霞映，
太阳起帆船又航。
寰月朦胧忆曾往，
绿荫桂枝蕊溢香。

吴刚古酿桂花酒，
深巷雅韵万世芳。
月仙舒袖卷帘望，
高地清风鱼米乡。
玉兔精灵金银谷，
心泊雨海彩虹滂。
环绕月乡山海转，
中继星桥遥天望。
鹊飞天路银河瀚，
书传家园羽翼翔。
笔墨多少诗词赋，
管弦多少曲乐章。
化作七彩嫦娥舞，
天长地久月吉祥。

嫦娥月船今启航

嫦娥之梦今启航，
深蓝星海遥天望。
一轮皎洁白月亮，
一如九重飞凤凰。
天河路兮有多远，
寻觅津兮在哪方。
梦想一日星河海，
诗意一程韵仙乡。
一路星辰彩之舞，
十方韶乐华之章。
月娥玉兔心相伴，
桂馨佳酿境同往。
阊阖九天玉门开，
雅风万世金云漾。

月海麟龙天河起，
天庭桂树香琳琅。
盛世嫦娥心之继，
长征火箭梦之翔。
助力飞船程万里，
圆梦天河联万邦。
橘红飞焰天际远，
深蓝映海船启航。
长风扬帆鹏翼旷，
祥云联程星桥长。
地月浩瀚嫦娥韵，
心驰神往盛世章。
向月一飞天河梦，
启迪万代诗意长。

承先启后之梦想

——七月祝福

神州大地起梦想，
一旅征程共辉煌。
圣贤经典传思想，
汨罗江水润华章。
先圣启睿程万里，
先河通衢泽百芳。
修身齐家同心德，
承先启后天之望。
秦松汉柏五岳伟，
黄河长江万水长。
变则通途多少代，
为何式微路迷茫。
封建壁垒之崩溃，
开启共和映曙光。
五四先驱集智慧，
鲲起鹏程助翱翔。

觉醒中华映东方，
太阳先照升理想。
奋起民族大征程，
志同道合龙祺祥。
勤工俭学在异乡，
先觉探索心领航。
指点江山墨之笔，
天地沉浮念苍茫。
陕甘英雄会豪杰，
建功卓越奇篇章。
罗霄山脉上井冈，
风雷旌旗漫山扬。
素昧平生心灵聚，
救国相遇起灵光。
天南地北方言遇，
信心启程共理想。

多少祖传书之香，
化作形神浩气昂。
多少世代财之富，
随同信仰献国邦。

流血牺牲多少人，
壮举镌刻无名榜。
前仆后继多少代，
盛世撰写巨制章。
心底仰望如峰起，
笔端歌咏如海洋。

百年大计新时代，
万里神州起梦想。
精神巨龙九天远，
信仰祺凤五岳翔。
江山社稷前景阔，
苍生起梦共辉煌。

初　冬

古国风景通衢路，
远望遍山金连树。
神采焕发余荫浓，
欣遇雨雪冬寒初。
天将四时联玉宇，
心识一境悟真如。
精雕细琢话寒暖，
玉丽仙恒各景姝。

五彩朝霞一片海，
一晨熹阳万象苏。
风从水面悠悠起，
攀山越岭大征途。
雪为春来百花润，
梅兰竹菊君子赋。
再遇惜时心如愿，
漫天洁白雪花舞。

初夏之怀念

——写于六一儿童节

在初夏快乐节日，
回溯我们之童年。
父母领着儿之手，
迈步向启蒙阅览。
天地人和之道理，
五彩缤纷之自然。
满载着神奇美丽，
充溢稚子之心间。
一如萌芽之兰草，
在九畹土地绵延。
又如舒翼之百灵，
从上古飞来今天。
人生驿站之你我，
相向又相遇有缘。
古老土地上新绿，
是我们共同家园。
孩提时代之憧憬，
父母呵护中向前。
启迪心睿之儒雅，
承传统视野拓宽。
书声飞出了教室，
翱翔在昨日校园。
启蒙老师之慈祥，
扬起少年之风帆。
诵读之标准语音，
回荡在脑际耳边。
如诗如画中意境，
传授给生命心田。
踏着乐曲之节奏，
红领巾列队校园。
东方升起之朝阳，
辉映着红旗向前。
美好人生之理想，
光荣传统之长篇。
凝聚成学习信念，
信守着心中誓言。
在学海泛舟畅游，
在书山辗转登攀。

字字行行汇卷卷，
知行合一成非凡。
丰富人生之积累，
日升月起之时间。
从春风细雨萌芽，
到夏秋花果纷繁。
从基石起于平地，
到高楼广厦博览。
山外大山之风景，
天上九天之奇观。
视野向八方九衢，
心灵乘宇宙飞船。
儿时之心中梦想，
人生之旅程灵感。
缘自父母之养育，
起步学问之校园。
儿童节赋诗感恩，
一曲初夏之怀念。

春 晖

——献给2020年母亲节

还是那一个称谓，
还是那一束芳菲。
今年春天之女性，
使春之玉宇生辉。
还是那一腔热忱，
还是那一方山水。
今年春天之思念，
向荆楚大地起飞。
轰鸣奋起之机翼，
满载着长河朝晖。
化作天使之靓羽，
使江城长夜不寐。

绵延奔驰之高铁，
满载着巾帼腾飞。
倾注仁爱之信心，
使九省通衢梦回。
回望那战役硝烟，
曾弥漫江岸曦微。
怀念那战地风采，
曾感动心灵挥泪。
一曲曲赞歌回响，
一缕缕天地春晖。
融入长长之江水，
迎来华夏之祥瑞。

春秋古国万世芳

——写在莒国古城建成之日

一

古国城上月又亮，
东起天蓝连万方。
玉宇飞转远大地，
长河流水映高阳。
春秋古韵诵经典，
家国天下共兴邦。
梦笔仙境长画卷，
再现儒雅莒辉煌。

二

东临浩瀚太平洋，
西蟠沂蒙岱龙冈。
史上经典撰奇迹，
春秋强国贤能章。
曾有战争风云涌，
古国军力再较量。
莒鲁会盟聚福地，
巨笔靖宇义安邦。

三

战国七雄古逐鹿，
争霸中原竞沧桑。
齐国内外时交困，
桓公避难向东方。
忠义之莒天地阔，
解囊相助载史芳。
患难之谊深如海，
成就霸业共济匡。

四

紫气东来云鹤翔，
银杏参天源流长。
文学理论巨著撰，
博学精论世珍藏。
宗经得义载文笔，
文心雕龙百世芳。

校经楼前诚拜谒，
造化成全传世章。

五

荏苒流年连朔望，
日月山前沭水长。
海岱葱郁清泉涌，
史河绵延新气象。
定林古树山水绿，
古国都城景瑞祥。
回溯春秋大地游，
随月一览转画廊。

附注

1. 莒国（？—公元前431年）：周朝诸侯国，国君为己姓。是山东沿海东夷中最强的国家，《春秋大事表》叙述："莒虽小国，东夷之雄者也。"

2. 莒鲁会盟：鲁隐公二年（前715）农历九月二十六日，鲁隐公与莒子在浮来会盟成功。此后，鲁、莒等国关系良好。

3. 战国时代，齐桓公为公子时，曾到莒国避难，留下"勿忘在莒"的典故。

4. 刘勰（约465—约532年）：字彦和，莒（今山东莒县）人。梁武帝时，曾任奉朝请、东宫通事舍人等职，为昭明太子萧统所器重。晚年在定林寺出家，法名慧地。定林寺前有巨石，上镌"象山树"三字，落款为"隐士慧地题"，传即刘勰所书。其所撰《文心雕龙》一书，为我国古代文学理论名著。

5. 刘勰故居在山东日照浮来山风景区定林寺内。定林寺，相传始建于南北朝，今存建筑为清代重修。主要建筑有大佛殿、三教堂、校经楼等。校经楼原名毗卢阁，相传为刘勰校阅经籍处，故名。

春天到沂蒙山乡

春天到沂蒙崮乡，
举目向梯田山冈。
几十万亩之桃树，
随风散发着芬芳。
山边泉涌之河流，
润大地林郁花香。
岱上天赐之神佛，
瞰世事地久天长。
不知从多远多久，
世上有日明月亮。
但愿从今生今世，
心中满智慧吉祥。
虔诚从长廊走过，
将经典佛语珍藏。
慈悲济世之境界，
为人类共同理想。
雅正植根于世代，
读传统篇章成长。
聪睿勤劳之前辈，
为我们树立榜样。

在这片土地之上，
书写着理想篇章。
有抗战烽火传递，
为独立驰骋疆场。
有冲锋号声振奋，
传胜利捷报飞扬。
有送子参军父老，
一代代气宇轩昂。
有支前百姓万众，
举红旗热血满腔。
有峥嵘岁月奇迹，
建设者豪迈自强。
多少代生命奉献，
成就共和国辉煌。
多少人青春挥洒，
建设沂蒙山康庄。
回望盘山之漫道，
辗转起一路向上。
在桃源最美时节，
赋一曲沂蒙诗章。

附注

1. 岱崮地貌，是中国第五大岩石造型地貌。分布于山东省蒙阴县岱崮镇，景区地处沂蒙山腹地。

2. 神佛崮是国内发现的最大的天然山体坐佛像。

春向泰山行

背起责任满行囊，
攀登为峰青山苍。
鞠躬山路辗转上，
深壑峭崖岭脉长。
春风沿途轻轻过，
萌芽绿意泥含香。
细雨树边深深润，
葱郁松柏绵山梁。
东岳万岭仙坊荫，
通天拔地寰宇邦。
万里仙风龙泉起，
十八盘路天门昂。
东起日旭天煊赫，
万岭连海云滃漾。
观日峰顶心昊远，
长风浩气向十方。
西瞰百水昆仑雪，
气势浩瀚来龙冈。
一路无悔向东海，
红霞万丈天地翔。
玉皇顶连九龙乡，
龙脉奇御深海漾。
一跃九重甘霖雨，
一挥七彩飞虹滂。
再向远山峰一览，
峭壑天宇烛辉芒。
仙凡皆度心有亮，
朔望天赐路明光。
一瞬史前又春风，
亘古经典无迷茫。
易之不易亦简易，
背起行囊龙凤翔。

春 雪

春雪悠然出天阙，
晶影潇洒丽花叠。
天河氤氲香霭送，
一曲韵高一玉阕。
丝竹斐然来相伴，
管弦瑞声雅音偕。
北岭盘旋朔风转，
一章景胜一仙乐。

细柳姗然闻雪舞，
临水枝摇影齐谐。
玉兰静幽待雪落，
一雪春来一婉约。
古城泰然又逢雪，
问春几曾东海岳。
古风天高云飞墨，
一路先声一特写。

此时月亮

我从大地上寻觅，
月亮此时之美丽。
如梦如幻那仙境，
一同史诗兮辉熠。
稚嫩视线曾举目，
依时朔望之入迷。
洁白玉盘又飞寰，
识时方向兮不移。

我从大海上寻觅，
中秋月亮之今夕。
仿佛龙殿有迷宫，
海市蜃楼兮仙霓。
云彩萦绕在天边，
海蓝辉映之潮汐。
银白洒向在水面，
月皓弥漫兮清漪。

我从古卷中寻觅，
天涯此时之神奇。
秦时月色那清柔，
今朝翰墨兮诗意。
文笔对月仍唱和，
绵延唐宋之主题。
意象契合着心境，
诗思如昨兮迥异。

我乘月船去寻觅，
天地共存之吉期。
驿站程程上天月，
星桥涟涟兮不迷。
原本时清那玉宇，
初始风和之天意。
静美中秋那月亮，
朔望皆雅兮诗意。

大唐诗圣挥巨笔

——再读杜甫

大唐诗圣挥巨笔，
凤凰萦绕七彩翼。
苍天成就继圣哲，
中原大地晨晖起。
那是天朝在召唤，
童心思维自神奇。
那是盛世再开拓，
圆梦诗笔征程起。
骏马貂裘伴年少，
漫游驰骋齐鲁地。
弘扬世风继淳正，
华夏传统高远期。
那是东方泰山顶，
雄鹰搏击风云起。
那是天地钟神秀，
望岳满腔浩然气。
儒风润心人行远，
苦读诗书深解意。
日月升华高境界，
方圆巨笔韵长馨。

骐骥飞驰向长安，
风雨兼程不停蹄。
紫气东来仙乐盛，
大明礼赞颂和熙。
日绕龙鳞天宫阙，
紫微辰映斗星移。
浩然陈情赋北征，
山河同在和衷济。
建功立业笔锋毅，
力救中原兵马齐。
抨击战乱歌盛世，
潜心悟道诗风熠。
诗圣奉儒祖荫深，
修身济世心神怡。
大唐盛衰时运舛，
初衷不改不言弃。
洞庭湖水岳阳楼，
乾坤宏廓谁人意？
诗圣巨笔浑然起，
境界超群造化奇。

附注

1. 杜甫自传叙事诗《壮游》：“七龄思即壮，开口咏凤凰。”

2. 《望岳》是杜甫早年的诗篇，《登岳阳楼》是杜甫晚年的诗篇。

3. 在《秋兴八首》中有言：“日绕龙鳞识圣颜。”杜甫晚年漂泊陇蜀常忆当年开元盛世早朝盛况。

4. 《北征》像用诗歌来写的陈情表，是杜甫在职左拾遗时向肃宗皇帝所呈奏疏。

大运河之歌

鱼儿问亘古运河，
流水在悠悠雅歌。
为空间坐标填词，
将时间音程定格。
可伸缩思绪渲染，
随变化境界唱和。
有多少诗意主题，
起峰壑雾绕云阁。

传说中隋帝心想，
梦江南风景飞翩。
多少人为其开凿，
多少水邗沟成河。
古舟羽张开翅膀，
为隋炀山水远涉。
自那时后人智启，
时时梦时时画舸。
大运河隋唐相连，
江河梦版图辐射。

古琴曲流水至今，
弹拨出多少润泽。
元帝国定都北海，
叹隋唐神奇运河。
再将长史诗续写，
连接起京杭煊赫。
万宁桥积水碧潭，
日复日源泉深泽。
白浮泉昌平龙脉，
绿映绿临安莲荷。

大智慧思维贯通，
千万源汇运江河。
朔风起财富蓝图，
牡丹亭昆曲典册。
帝国从运河崛起，
精神自开拓树德。
龙脉将亘古源水，
辉映着五岳巍峨。

附注

1. 据传，隋炀帝梦想扬州风景，萌发旱地行舟之意，于一千五百多年前沿用春秋时代吴国邗沟开凿了以洛阳为中心的隋唐运河，连接起长江黄河流域的经济版图。

2. 公元十三世纪元帝国忽必烈定都北京，感叹隋唐运河之经济效益，京杭大运河开始动工，最北端自北京通州通惠河，南至古临安（今杭州）。今天所说的中国大运河一般指京杭大运河。

3. 北京昌平龙山白浮泉是元代科学家郭守敬确定的北运河源泉。

4. “元大都”是以现代北京北海公园为中心所建的元代都城。

5. 中国古代有戏曲沿水路传播的文化。

笛子协奏曲《白蛇传》随想

料峭春寒水还冷，
烟雾西湖雨雪蒙。
玉笛悠扬琴韵雅，
一阕传奇漾回声。
结伴前行赴尘世，
专程报恩前世梦。
人海茫茫心何住，
一路坎坷遇船篷。
漫长虚空春水泻，
湿冷西堤路泥泞。
隐约桥影树摇曳，
一水潺湲竟相逢。

春光明媚花映水，
知己同行心意诚。
西子湖畔宝塔寺，
护堤春晓峦岭峰。
钱塘细柳冷泉滃，
仙屿瀛洲皓月莹。
鸟语莺飞林廊绕，
春樱海棠湖心亭。
三潭印月雪桥淼，
双峰入云山势峥。
清源碧水文澜郁，
绿树红梅山色青。

晴暖忽然倒春寒，
风雨叠加转水冷。
笛声呜咽琴声泣，
山绵水漾断桥影。
旋律悲伤音符哀，
仙草还生几世情。
节奏沉缓音程郁，
金山漫水云霭滃。
世俗偏颇情无奈，
谁人阅世不迷蒙。
仙音雅正天有意，
笛声琴韵湖仙境。

电子奇遇记

我虽小世界却很大，我静谧我也炫彩，我有梦想点亮世界……

——题记

天生我才百亿年，
环绕中心复循环。
能层多少谁人意，
能级递增大宇寰。
神奇构造能量聚，
天赐精灵智超然。
静也炫也皆随意，
或大或小神灵缘。

忽如盘桓高岭峰，
争喧瀑流漾飞泉。
溪水逶迤林森绿，
相伴清氧靓宇寰。
忽如大河激流飞，
方向明确势如湍。
纵横广袤高架缆，
万方流域天地间。

忽如贯穿流水线，
机器轰鸣自飞转。
信息精灵大时代，
创新文明新能源。
忽如深入四维转，
数据纵横智能园。
须弥山水方寸览，
谁人能预百亿年。

常态宇宙绕核转，
智慧刻画瀚云寰。
度量尺寸纳米衡，
天地万方无线联。
基础坚固蓄精锐，
辉煌盛典七彩炫。
惜时守信连天地，
造福人类胜史前。

附注

原子核外电子于原子核外空间分布，可用绘制的“电子云轮廓图”形象化表述。

端午感怀

——再读《楚辞》

棕香流溢梦笔湍，
桂木龙舟七彩澜。
兰泉香酿诗思雨，
银河星宇九重天。
帝子回溯广寰时，
高阳苗裔瑞龙泉。
曲赋飞虹源水驰，
华章丽词先河览。

吉日星辰玉琳琅，
银波宛转山影湾。
玉液潺湲兰香苑，
仙乐舒缓蕙芳园。
曼舞霓裳五音转，
悠扬旋律九歌连。
云中君洲影虚幻，
天际瑶池玉水寰。

美目骋兮大河水，
参差水域纵横弯。
蹉跎音韵情曲折，
空灵洞箫音婉转。
诗行古酿香绮浓，
缠绵音程影漪涟。
诗源心曲玉鸾梦，
典雅音律仙灵感。

桂舟兰桨诗行远，
灏如天海淼淼然。
蕙香灵萃云帆济，
滃如神乐袅袅翾。
冲出混沌集祥瑞，
阊阖峥嵘银河瀚。
超越迷昧大宇宙，
天池扶摇高风轩。

方　圆

吾胜境方圆净土，
没有那熙熙攘攘。
尘嚣外星熠深蓝，
世俗笔难以设障。

自人类钻木取火，
温暖即飞向万方。
古化石浩瀚大洋，
聚精神仙餐流芳。

有语言艺术之雅，
从诗经楚辞飞扬。
士大夫神采奕奕，
千万年如意吉祥。

有函数微分之精，
向多维坐标靖邦。
自齐家纵横天下，
仁爱心泰岳世芳。

从原子结构启程，
阔天地星河磁场。
那无穷大小之悟，
是科学不是幻想。

从咿呀诗歌读诵，
起云帆学海飞扬。
知我小知无涯者，
观天下心胜苍茫。

父爱如是立高山

——2021 年父亲节怀念

父爱如是立高山，
撑起孩子梦蓝天。
父爱如是流长河，
扬起始航船风帆。
捧起温暖如太阳，
照耀心灵深源泉。
飞来温柔如月亮，
点亮夜读高书山。
讲述故事承上善，
稚嫩心灵涌感叹。
阐释生活诠道理，
晶亮视野有信念。
事业精勤为榜样，
言传儒雅心地善。

仁慈服务为人民，
和蔼可亲众人赞。
理论实际紧密联，
尊师重教暖文苑。
党旗辉映信仰固，
忠诚敬业意志坚。
两袖清风浩气正，
言传身教年复年。
呵护子女心疼爱，
严格要求责任担。
今天女儿心感恩，
执笔含泪赋怀念。
来生愿您再言教，
如是高山撑起天。

复兴梦启航红船

——庆祝中国共产党百年华诞

复兴梦启航红船，
从南湖乘风向前。
东方正升起朝阳，
彩霞红水绿天蓝。

先驱者前方引领，
经典篇扬起风帆。
信仰在心中沸腾，
探索将智慧相连。

国际歌信念轩昂，
无产者庄严宣战。
劳动者创造财富，
全人类觉醒智圆。

湘江水岳麓长风，
橘子洲山水遍览。
罗霄山常青松竹，
井冈脉盛旺源泉。

南昌城枪声响起，
起义军红旗漫卷。
新纪元工农开创，
根据地巩固政权。

黄浦江风起云涌，
艺术家左翼盟联。
义勇军雄壮强音，
炮火中奋勇向前。

那慷慨激昂旋律，
激励起复兴信念。
龙图腾巨轮启航，
中国梦航向领先。

亘古兄弟

我们是亘古兄弟，
有满腔热血相连。
无论水激流飞湍，
还是心高山攀岩。

细泉流遇到浩瀚，
从不言深沉潺湲。
是生生不息源涌，
三江水流域深澜。

固基石叠起巍峨，
从不语峰高路远。
有葱葱四时松柏，
五岳岭风采崇岩。

雅音符汇成交响，
仙音程豪壮柔婉。
撼心灵自然旋律，
大乐章宇宙长篇。

昆仑山龙脉白雪，
古城月宫阙彩练。
蓬瀛海百舸竞水，
金通衢九州宇连。

山水从远古连亘，
向星海玉宇万千。
征程上多少风景，
奇迹涵多少信念。

古老星河你好

古老之星河你好，
愿轨迹流转恒高。
你亦天昊之精灵，
上苍神秀予化造。
精灵之生机勃勃，
天圆地方起乐韶。
承前文明之不灭，
启后征程路远浩。

精灵之无所增减，
四季之轮回环绕。
如春华秋实白雪，
若梅兰竹菊清傲。
古老星河中亦有，
流星闪烁熠辉曜。
但愿那不是你之，
初心已忘之喧躁。

含苞盈灵郁金香

含苞盈灵不晚春，
曼曼积香郁花繁。
亭亭玉立含仙韵，
整齐划一荫田园。
料峭春雪萌霓彩，
温暖和风问红颜。
含蓄不言点点头，
化作从容飞灵感。

新绿氤氲金甘霖，
嫣红漾溢天晴岚。
雪白朦胧皓月静，
粉滢空灵曼妙涵。
幽幽曲径迷香雾，
冉冉朝霭萦阆苑。
恍若星海船万点，
蓦然天河山水缘。

航天赞歌

——贺中国空间站天和核心舱与天舟飞船成功对接

火箭再起海天蓝，
天舟直上天和远。
玉殿昊天仙府瞰，
长征将士起飞船。
精确航向胜境转，
箭星挥别祝平安。
太阳飞翼浩气焰，
青云万里天地间。

家园众目齐仰天，
中枢遥向信息联。
地上日行遥天望，
天边舟飞近家园。
喜讯传至天和殿，
阊阖开启碧玉帘。
仙乐萦回九宫苑，
鸾凤环绕七星灿。

琳琅满目货运船，
物美质优银河畔。
天街风景空间站，
盛世文明地天连。
仙境神游宗经典，
古圣智慧万世传。
承先启后飞天梦，
薪火相传接力船。

西部大漠酿酒泉，
东风引领起航天。
与阳同步太原城，
恒星飞绕巨龙蟠。
高山峡谷大西南，
环球冷暖卫星连。
深空巨箭文昌起，
行星飞连建家园。

恒久之大千星海

仰望着大千星海，
月儿在慢慢徘徊。
为何有阴晴朔望，
轮回又从何而来。
一个真实之声音，
从上苍穿越云霭。
是太阳永恒给予，
使月辉弥漫书斋。
清风漫漫启扉页，
经典悠悠曰通泰。
清晨盼太阳升起，
深夜愿月色清白。
仁者如山高五岳，
睿者若水阔四海。
圣贤之词富山水，
述恒久道理统帅。

太极之深远如一，
生两仪混沌初开。
万物集道之精华，
成天地人之三才。
四季之百花竞放，
使风景各异其彩。
五行之相辅相生，
成万物浩瀚澎湃。
九芒之琳琅炳耀，
映玉宇心灵仁爱。
御六龙回日之策，
向八方通衢开来。
善心生而恒言立，
题材瀚而秉七彩。
愿神舟载其诗赋，
向日月星辰大海。

附注

儒家经典《周易・系辞上》言：“易有太极，是生两仪。”

易有三种含义：其一“变易”，宇宙万物时刻在变化中；其二“简易"，宇宙变化具备法则性，有规律可循；其三"不易"，变化着的宇宙生生不息。

太极：指形成宇宙万物之因。

两仪：在太极作用下产生的阳和阴，反映宇宙万物变化之属性。

寄语美丽月亮

——贺嫦娥四号成功飞上月亮

我们住地球家园，
有太阳照耀温暖。
你在我们之那边，
相距有多么遥远。
仰望天上之月亮，
多少心抒发慨叹。
饱蘸七言之笔墨，
萌生超凡之灵感。
从古时想象传诵，
看嫦娥栩栩翩然。
共现代大家智慧，
随嫦娥如愿飞天。
满载我们之祝福，
飞向那边之海山。
向皎洁月亮问好，
赞美地球村家园。
我们有太阳照耀，
大地上树绿河蓝。

我们有理想信仰，
心灵中处处桃源。
从喜马拉雅雪峰，
向大海万水千山。
随漫天白雪起舞，
读道理经典书卷。
雨点从春来计数，
雪花漫冬季盘桓。
化作潺湲之长河，
是我们文明摇篮。
古老之现代画卷，
日月辉映着仙山。
心灵将典雅言词，
寄语向宫阙广寒。
愿太阳照耀神州，
鹊桥上仙境连绵。
从此大地和月亮，
相距路不再遥远。

假如有万亩田园

假如有万亩田园，
我耕耘山水之间。
播撒诗经之风雅，
灌溉楚辞之灵源。

在东晋桃源寻觅，
向南山物外超然。
浩然正气之心境，
化作超常之诗篇。

飞大唐蓝田远望，
极目越叠嶂峰峦。
明月松间之意象，
情趣非凡之我见。

乘大鹏追随诗仙，
求大雅文质炳焕。
自信我材之天意，
直挂沧海之济帆。

从诗圣境界升华，
传神意岱岳地天。
音韵严谨之诗风，
弥漫诗坛之长篇。

天神圣驰着日轮，
天河海飞着月船。
我惜时蓝色星球，
建万千玉宇仙园。

假如有一方鱼塘

假如有一方鱼塘，
我飞来五彩霓裳。
每天晨起承清露，
依时在水那一方。
鱼游听闻我脚步，
雀跃摇摆荷花香。
神奇鹿鸣在身边，
伴我童心鱼水乡。

天边晨星已列队，
点亮行程早霞芳。
同行同向即相伴，
匆匆田园览时尚。
若无凡世尘土壤，
怎会莲香鱼满塘。
惜别春夏季花繁，
才得护根泥天香。

晶莹之冬天童话

晶莹之冬天童话，
漫天飞舞着雪花。
天使从天国而来，
将雪意馨然奢华。
朔风从极地之北，
一路通衢风景画。
浓霭在苍茫之中，
万联雪岭云朝霞。
从天河远远而起，
白雪映仙骐奋发。
从津要重重而上，
神州飞雪龙通达。

珠峰巍峨之极顶，
雪崖山连山峭拔。
大洋广袤之深海，
雪景水连水无涯。
词海飞舟载雪花，
诗行于其韵尔雅。
思维秉笔驰雪原，
童稚于上至神发。
每一朵灵感雪蕊，
从无始又向无涯。
每一片创意雪原，
于纷繁凝聚方雅。

精灵如雪

你是昨夜兮白雪，
四季春暖时话别。
欣遇天赐兮甘霖，
飞来沭水心赴约。
一渊清澈兮目光，
将其心灵之润泽。
一袭洁白兮靓羽，
萦绕记忆之仙乐。

同风飞来之精灵，
盘上多少道山岳。
偕水游来之鳍翼，
转映多少湾河月。
今天盘旋于古城，
几世风景之叠阅?
恍如一梦转时空，
白雪仙化乎白鸽。

境界有约

——读杜甫《望岳》有感

直达岱岳盘山上，
峰顶诗圣赋华章。
望岳一篇扬浩气，
摩崖镌刻世无双。
齐鲁儒风君子梦，
圣贤登临百世芳。
长青未了群峰绕，
和而不同联万邦。
奇峰林立远景会，
日月万里山路长。
心临霄汉天宫阙，
仙壤无暇尘世霜。
君心虔诚泰山上，
封天禅地敬上苍。
古槐巨柏汉唐盛，
蟠龙飞凤转月廊。
天边广场飞云渡，
天外桥边瀑水长。
壑深不溢湍流远，
峰静不移正气昂。
如龙飞翼通天宇，
若凤翘首济时方。
造化神奇连天地，
天生万物育馨香。
少时诗圣游齐鲁，
仰望岱宗固非常。
惊叹成诗凌绝顶，
一挥笔墨时沧桑。
后来感慨无逾越，
传世诗坛谁竞章。
实则众山风景异，
苍天赋予其自强。

附注

1. 唐开元二十四年（736），二十四岁的杜甫漫游齐鲁，有一说认为《望岳》是现存杜诗中年代最早的一首。

2.《论语·子路》：“君子和而不同。”

昆仑俯瞰白雪皑

昆仑俯瞰白雪皑，
一泓深水高山来。
宇宙坐标神仙意，
仙乐萦绕诗感怀。
蓦然回眸擎天高，
六月飞雪霎时白。
执意向前不畏阻，
逢山有路飞云凯。

启程不问路崎岖，
雾霭缭绕细风裁。
奔流不计时荏苒，
日升月转势有泰。
五岳相伴连昼夜，
长河相随漾泉脉。
千万亿年澜深灏，
静水深流邃瀛海。

连续世纪之向前

——为祖国生日祝福

世纪正连续向前，
前面一座座远山。
山上风景之特有，
缘认知梦想使然。
从遥遥苍古走来，
多少世跋涉校勘。
从点点环绕时空，
多少圆交集互感。
为阐明宇宙万象，
圣人著十翼经传。
为描绘万象演变，
圣人撰道德恒言。
从心灵之始启程，
信仰使言行圆满。
在自然之界翱翔，
感悟天地人理念。
多少篇圣贤经典，
率民族攀上高山。

多少世崛起足迹，
为文明开拓领先。
传播思想之征程，
有圣人木铎超前。
探索浩瀚之玉宇，
有天问精神超然。
从理想社会萌芽，
寻觅仙境向桃源。
从李杜久作大雅，
建树诗意赋长篇。
传统文化之熏陶，
氤氲中轴之长线。
生万紫千红百花，
高歌世纪之长篇。
四季满园之芬芳，
使南岭北域相连。
渲染时代之奇迹，
辉映自信者向前。

附注

1. 十翼：一说认为是圣人孔子为阐释儒家经典《易经》而撰写的十篇文章。

2.《道德经》：圣人老子将自己的智慧化为五千言经典，阐释自然和社会的演变规律。

3. 木铎：此喻圣人孔子的教化。

4. 天问：开汉语文学艺术之先河的屈原在《楚辞·天问》篇，对自然之本源和宇宙之演化提出自己的质疑。

5. 东晋陶渊明笔下的桃花源，为人类文明开拓了一个诗意化的理想社会模式。

6. 大雅：唐代李白杜甫的传世经典诗歌。

六月雨

——写在庚子年大暑时节

如说走就走旅行，
六月朔风六月雨。
如说满就满水流，
山下长河山边渠。
大暑时节天热未，
沃沃土坷丛丛绿。
季夏时节雨滂已，
漾漾水满湾湾曲。

满树红红花之朵，
芬芳滢滢晶枝雨。
遍野绿绿草之本，
蓊郁葱葱青芯玉。
蜿蜒湍涟河之道，
源流涌动五彩屿。
雨点交集水之面，
童心描绘九湾煦。
蓝湾仙影忽之跃，
疑是龙门潜水鱼。
绚丽婉转音之符，
荏苒流水拨琴曲。

乙未盛夏地干涸，
盼雨甘霖心急趋。
庚子仲夏天多雨，
防洪长渠目远虑。
愿景风调雨柔顺，
百姓仙凡遂所需。
愿世国泰民心安，
神州大地皆通衢。

附注

本地有气象谚语“农历六月北风当时雨”一说。

龙凤智能瑞雪白

——2022 北京冬奥会高铁赞歌

龙凤智能瑞雪白，
呼啸奔驰一路凯。
逢山开路遇水桥，
风雨兼程神奇帅。
高举圣火豪情起，
和平理念大山海。
赫拉神庙太阳颂，
点燃圣火万世代。

穿越苍莽荆棘路，
照亮宇寰通衢脉。
五洲环绕接力赛，
四海沸腾仙舟载。
冬雪奥运高铁驰，
智能强势飞速来。
高唱友谊天地久，
神州盛会聚贤才。

附注

奥运圣火象征光明、团结、友谊、和平、正义。圣火于奥运会前几个月在奥运会发源地希腊奥林匹亚赫拉神庙前，朗诵致太阳神的颂词，聚集阳光点燃圣火，然后接力传递。

妈妈心中之美丽

妈妈心中之美丽，
生命诞生正鸣笛。
悦耳仙音高洪亮，
智慧眼神聪灵奇。
彩虹飞来佑襁褓，
神天开阔弘智力。
童萌学话咿呀语，
人间最美东方曦。

妈妈欣赏你美丽，
高举少先队大旗。
传统文化广熏陶，
仁爱精神浩羽翼。
继承前辈有信念，
时刻准备建奇迹。
军事夏令营前帐，
三红集结信心齐。

妈妈跟随你美丽，
语言书写萌浩气。
天地方圆绕中心，
稚嫩童心有神力。
启蒙引领视线远，
诗歌朗诵天神启。
起跑一线大校园，
学海同舟繁星熠。

妈妈称赞你美丽，
事业腾飞神悦怡。
德智体美全方位，
见义勇为仁心济。
蓬山北瀛澜鲲游，
南海青天云鹏起。
中轴长线儿时梦，
九重星海北辰熠。

美丽泉城之梦

——怀念诗歌

在湖光山色泉城，
生我养我之地方。
有春夏秋冬梦想，
伴童年快乐成长。
遍山泉涌之春意，
迎来一晨晨阳光。
半城湖映之细柳，
倒影一水水霞光。
雨中盛开之夏荷，
有不染尘埃清香。
水面雨滴之集合，
将记忆凝浓泉乡。
一城山色之秋叶，
逢萧瑟傲丽红装。
满枝霜冷之菊韵，
仍优雅传递芬芳。

朔风呼啸之山上，
镌英雄不朽勋章。
白雪覆盖之大地，
印清照慷慨诗行。
趵突泉涌之甘甜，
汩汩流淌着水长。
大明湖映之绿柳，
静静记录着时光。
牙牙学语之稚子，
从心底纯净善良。
慢慢坚强之心灵，
自心泉涌动柔刚。
如山仁慈之父爱，
从高峰助我翱翔。
若水灵秀之母爱，
赋予我诗意太阳。

美丽之春天雨点

美丽之春天雨点，
启四季乐章开篇。
漫山方萌之绿芽，
在静心倾听感叹。
从春意典雅琴曲，
知流水载春复还。
从雨滴水面集合，
悟天地大道至简。
多少晶莹之雨滴，
滋润着万里山川。
使高山古树绿荫，
有四时本固枝繁。
多少潺湲之雨声，
汇聚着大河晴澜。
使沿河流域文明，
有日月辉映恒远。
春来使雨点交响，
演奏春之声精选。
如巨幅山水意境，
是春天特写仙源。
如音符优雅起舞，
循自然心声斐然。

梦未眠

潮水滢滢抒情叹，
松风柔柔夜未眠。
月船悠悠云海泊，
星儿萌萌心眨眼。
一望无涯这是哪，
一色水天邈虚寰。
一点坐标熠闪烁，
一梦憧憬惜时圆。

忽往天庭图书馆，
如饥似渴一书卷。
忽邀深海北瀛鲲，
披星戴月一宇览。
忽觉同行未曾识，
也许前世梦有缘。
忽醒须臾心所悟，
遥远天海即眼前。

附注

2010 年上海世博会期间，我以“憧憬”为标题写散文一篇。时间倏忽一刹，世事已变，吾心依然。

那时，一条清滢月亮之河

谁将碧空之静谧，
划一条清柔涟漪。
谁为长夜之漫遥，
舒一袖彤彩香绮。
谁廓无涯之寂寥，
绚一空星花熠熠。
谁恣流域之广袤，
远一河仙源曦曦。

恒亮太阳连昼夜，
天为你虹彩仙霓。
深蓝星球观朔望，
地伴你暮霭朝熹。
疏星长长之睫毛，
竟为你皓白迷离。
星芒幽幽之闪烁，
漾长空波影旖旎。

春花为你又含苞，
或早春暮春秀丽。
秋实为你又果香，
或初秋晚秋甘饴。
夏风为你曲清唱，
或碧潭激流逶迤。
冬雪为你源晶莹，
或高山林海清逸。

曾几何时之宛转，
连接着南北两极。
曾几浩渺之清澈，
滋润着桂花香溪。
曾经天书在琅嬛，
珍藏着宇宙神秘。
曾经桂酿在宫阙，
赋一曲仙境诗意。

附注

琅嬛：古代神话中天帝藏书的地方，借指仙境。

那一片牡丹花海

如仙境繁花盛开，
若天边五彩云霭。
雍容华贵之天香，
从上古仙源走来。
如神话传说悠久，
若诗歌传承圣脉。
端庄高雅之国色，
自古至今逸奇才。
那一片牡丹丛影，
绿荫浓鲜花盛彩。
那满园七色盈枝，
谁助其芳溢成海。
是恒天太阳温暖，
上苍赐花丛仁爱。
是不夜星河潺湲，
微风动花影徘徊。

有沃土雨雪滋润，
使芳馨葱郁生彩。
有风雅赋诗滋润，
经历代季春蓊蔼。
神采奕奕之华贵，
彤云映九重恒泰。
水灵漾漾之雍容，
仙风满东海蓬莱。
宗经典日夜阅读，
凝儒雅诗画书斋。
绕牡丹心问花语，
天时利谷雨盛开。
一春之百花争妍，
唯牡丹芬芳若海。
一遇之春深风景，
唯牡丹花开奇哉。

鹏飞九重天外天

因之向往天外天，
天赐鹏心起程前。
行囊衣食备足矣，
北斗指南日月连。
北渊南水万平海，
和风起潮阔顷澜。
一日鹏起万里远，
青云直上瞰宇寰。

指南显示之一侧，
不名飞物矮盘旋。
系统之计谋一策，
奋起超越靖忧堪。
加速马力翼直飞，
一起扶摇正气连。
回望迷茫皆不见，
不为虚枉误程远。

指南显示仙风至，
助翩一程天河远。
系统之辅乘一策，
玉宇速度天外天。
遥遥天路有多远，
漫漫恒星照赫烜。
向前足迹大步起，
家园五湖四海蓝。

指南显示近九天，
鹏翼一舒天地宽。
大千世界心环绕，
亿万星系自史前。
文明城际山外山，
启程一望天外天，
若雀茫然囿已见，
焉知天有九重远。

起　航

——化学笔记之初

上苍赐予心奇想，
即畅游浩瀚万方。
人虽小宇宙广袤，
从原子世界起航。

浏览那各枝元素，
亿方年之久芬芳。
太阳风巨幅七彩，
朝霞起暮霭飞翔。

五岳峰大笔镌刻，
转山路呼啸盘上。
通天地纵岩横石，
古翰墨奇思妙想。

昆仑雪三江源水，
映高山大河农庄。
千万年流域滋润，
四季天春秋芬芳。

邈森林原始村落，
文明竟未曾徜徉。
时间暨空间颠倒，
沉寂或幽秘蕴藏。

氢与氧柔性组合，
雨雪飞圣域仙乡。
金与银自来本色，
自然界恒有担当。

多少个修成自我，
自古代天圆地方。
银河系广袤世界，
乘飞船再向远航。

清明风雨

清明听雨护城水，
细柳画风柔绿萃。
桥下水急葱影畔，
山边景致再春晖。
海棠一枝香凝雨，
碧桃满园芳含蕊。
仲春风暖仙草绿，
古树萌新玉兰菲。

如雨点水澜漪起，
乡情纷纷一意回。
如风启程山水漫，
乡音款款一行随。
飞奔向前高速路，
呼啸匆匆奋翼飞。
清明时节大风扬，
春意浓浓香雨霏。

秋日感怀

时间竟慷慨蹉跎，
空间不虚度你我。
一叶秋转眼即将，
回眸那风景如昨。

梅枝上忆曾白雪，
春早起唱和对酌。
一袭香满园春色，
竟春来飞花朵朵。

谁将那迎春鹅黄，
柔若泉粼粼细波。
一曲水横桥笛韵，
转山麓乐音飞陌。

还未及枝叶萌绿，
灵如画玉兰袅娜。
一树花如云若雪，
心疑是天女临摹。

神之笔飞来春色，
天之韵诗思清卓。
六月雨芙蓉荷莲，
大河水蓊林绿果。

丛叶密香枝飞逸，
碧如翡精雕细琢。
水晶宫祥云飞月，
日云山万象熠烁。

还是那不息四季，
归来时心境自若。
极目向天高云远，
一支笔能言几多。

秋天那一片金黄

秋天那一片金黄，
宣告季节之漫长。
不远程精神跋涉，
怎解其中之蕴藏。
东周之古国金秋，
映大树龙盘兴邦。
战事之风起云涌，
驰东方大地戎装。
校经之古楼皓月，
映经典辉映万方。
卷帙之搦笔和墨，
浸润着惜时金芒。

桂木龙舟之江上，
斟一觞精神佳酿。
书九歌唯美辞赋，
朝暮兮兰秀菊芳。
世外桃源之山上，
转一园菊蕊仙廊。
随五柳笔墨漫步，
悠然兮真意雅望。
多少个春夏秋来，
山河辉映着盛况。
多少季繁花入泥，
菊英倾注着芬芳。

附注

1. 山东莒县浮来山有一株树龄 4000 多年的“天下银杏第一树”。这里有“大树龙盘会鲁侯”的传说，指的就是“鲁莒会盟”。

2. 《文心雕龙》作者刘勰认为，圣人经典是后世文章的本源，是对圣人思想的阐释，在宗经思想的指导下，他写就了中国中古时期的文学理论巨著。

如 雨

如雨春回飞水滢，
园园靓丽满枝清。
丹红杏嫩樱花粉，
桥转水弯细柳风。
随雨夏来仙境滃，
山山苍劲柏松青。
壑深崖峭岫岚逸，
气浩林葱百鸟鸣。
听雨秋实桂月朦，
湾湾漾溢酒香盈。

金菊绿水桂花酿，
月满河清天上庭。
伴雨冬初瑞雪逢，
河河七彩熠山凝。
雪白雨净水桥影，
海纳川流日月升。
四季雨来雨润清，
花香果荫满枝盈。
不言桃李芳蹊径，
自有蜂飞蝶舞萦。

闰年感慨

——写于2020年2月29日

在四年一遇今天，
有多少感慨怀念？
举目春满山葱郁，
迎风雨清河潺湲。
迈步小桥泉流水，
飞风细柳燕呢喃。
暮霭深深天际远，
一船新月水弯弯。
彩霞浓浓海上暖，
一晨红日天蓝蓝。
九九遍耕春之曲，
云飞塞北向岭南。
二月奋起龙之韵，
天将甘霖洒人间。
还是泉涌之细淙，
还是入海之百川。
还是九重之高远，
还是五洋之深蓝。

记忆回眸前润年，
史诗如梦在昨天。
众志成城抗震灾，
感天动地凝史篇。
次贷风暴突然起，
大国崛起遇机缘。
奥运圣火在传递，
梦想一程共凯旋。
高雅情趣逢知己，
白雪一曲在高山。
诗意承载笔之墨，
清新流畅至海涵。
风景弥漫诗之行，
蓊郁起伏奇峰连。
明月静静朔望转，
时间荏苒诗梦圆。
通向未来天地阔，
境界高远心依然。

芍药，五月花神

五月花神太液风，
芍药香馥山海蓊。
月河漾漾星桥转，
天象遥遥吉辰逢。
瑶池一念九韶乐，
仙舟一览五岳峰。
巨幅山水渲青绿，
华章玉音弘方正。

虚世尘壤人文路，
胜地仙境日月恒。
鸾御飞天仙花漫，
虹贯启宇彩形胜。
芍药芬芳蓬瀛灏，
寰宇峥嵘星月澄。
天殿神花仙子梦，
五月馨香佑苍生。

神奇本源

——诵读《楚辞·天问》

混沌未形天地迷，
那时谁风谁虹霓。
自然之理神笔绘，
昔曾对此有质疑。

角宿星际阊阖启，
曜灵东方映如期。
万河金光深入海，
汨罗诗意彩晨曦。

柔美月德飞如翼，
无论朔望天悦怡。
山岳清辉松云秀，
朦影玉兔桂香袭。

九天之上星云密，
斡旋系维天之极。
不以世俗方向感，
谁还对此有质疑。

附注

1. 曜灵：对太阳的敬称。

2. 角宿：二十八星宿中的东方之星，神话中的天门阊阖在两星宿之间。

神奇长城

——祖国十月颂歌

九百六十万神州，
日升月起势如期。
昆仑绵延山河转，
化作长城巨龙脊。
雄踞山海天地间，
连水向北至南极。
起伏雪峰连大漠，
一挥嘉峪彩虹霓。

中原北向曾防御，
抵挡外寇阻险逆。
烽火传递山远望，
鼓舞信心壮士气。
收复故土曾征战，
龙马精神同奋起。
捍卫尊严壮神州，
环绕宇宙连天意。

中华民族长画卷，
古老山河书壮丽。
沧海桑田万年亿，
肥沃土地世沿袭。
圣祖前贤源智慧，
镌刻经典绘神奇。
无论征战暨耕耘，
所向披靡壮根基。

万里神州古长城，
炎黄古道祥龙翼。
绵亘群山叠峰势，
古往今来风云齐。
玉关城楼飞檐起，
战地旌旗东风驰。
依山起势八达岭，
九衢万象造化奇。

神奇之天宫课堂

——收看太空授课电视直播有感

从听讲上古杏坛，
到授课天宫校园。
从迷茫上下求索，
到驾驶飞船问天。
为文明深厚积累，
为飞往星际扬帆。
人类正穿越时空，
领略大宇宙奇观。
漫步若仙人起舞，
举手如神力托山。
圆梦想锻炼意志，
定方向在人心间。
中国结典雅吉祥，
水玲珑奇妙变幻。
净水球明亮圆润，
若知心晶莹柔曼。

使单摆轻松飞绕，
在如意绘制正圆。
向心力均衡持久，
同心者轨迹相连。
转陀螺定轴通泰，
给其力天地平安。
天成之智慧美丽，
信心之勇往直前。
苍天悠悠之深邃，
大地圆圆之凝蓝。
世界在心中扩展，
道路随视野拓宽。
从天圆地方亘古，
载认知驶向彼岸。
从神奇天宫课堂，
把梦想带上飞船。

神山圣水赋

峭岭峰扬起翅膀，
大宇宙天地翱翔。
其九州圣境绵延，
向五岳仙山万方。
森山绿岱峨形胜，
奇霞红云高天旷。
星海蓝月船飞舟，
仙风远旗舰领航。
啸秦皇汉武之风，
赋亘古雅颂之章。
形如龙潜能之慧，
势若鹏舒翼之广。
百丈崖秦松汉柏，
亿万年一挥沧桑。

九龙溪深谷赤岩，
满天星万耀辉煌。
玉皇顶金銮银凤，
天都峰皓月高阳。
从盘古开天起势，
向玉宇飞天驰想。
横昆仑仙源白雪，
纵史河泉流大洋。
蓬瀛寰北溟鲲跃，
深水域南海鹏翔。
集千山风云灵智，
起高翮矫捷翅膀。
竞万水舟船浩瀚，
颂神州雅颂轩昂。

圣地延河宝塔山

——庆祝中国共产党建党100周年

圣地延河宝塔山，
精神财富世代传。
山高熠熠东方亮，
水阔长长寰宇连。
理想启航长征路，
圣贤会师延水畔。
神圣使命信心满，
民族独立新画卷。

繁荣景象根据地，
百姓拥护新政权。
财政全力助文化，
知识普及拓荒原。
艰苦奋斗衣食足，
自力更生南泥湾。
三五九旅创奇迹，
陕北风景变江南。

知行合一高境界，
理论实践复循环。
经典篇章基础固，
思想指南与时连。
超越具象为概念，
循守规律再实践。
向前飞跃无止境，
视野开阔如鹏远。

英雄豪杰经百战，
领袖挥笔诗意览。
石洞灯火夜长亮，
和平理念地天连。
智慧弥漫心凝聚，
意境撰写气浩然。
党旗辉映复兴路，
道路自信阔步前。

圣火温暖之心灵

——看央视直播北京冬残奥会开幕式有感

一支最明亮火炬，
温暖世界上心灵。
从心底满腔暖流，
冰清雪洁般晶莹。
五线最典雅乐曲，
圆舞梦想中意境。
管弦乐交响旋律，
翩然音符汇心声。
九色最美丽彩绘，
渲染巨幅篇丹青。
起满天绚丽彩霞，
氤氲宇宙银河星。

童心擎举起画笔，
写意心泉绘春风。
上苍助心飞梦想，
萌发智慧达仙境。
青绿色映山转水，
征服坎坷遇龙腾。
金红霞层峦叠起，
天方胜境起飞鹏。
同蓝天同一世界，
绿水青山日月恒。
共传承奥运精神，
紫气东来竞春风。

以珠峰视野之高，
启慧心智若雄鹰。
以天河星海之阔，
演绎万象辰启明。
看今朝奥林盛会，
古城芬芳如仙境。
四时转最美季节，
春雪玉兰百花凝。
忆神州典雅赛场，
百世体坛再相逢。
高举起奥运之火，
照亮未来梦启程。

圣聚群英

——贺中国空间站问天舱胜利启航

吉祥形胜共时间，
如意擎举大火箭。
上苍赋予其神力，
航天星海又新篇。
天官勇士启阊阖，
月殿仙女绘彩卷。

天地通联信息浩，
银河北辰星璀璨。
实验天将慧中慧，
圣聚群英天外天。
生命科学无止境，
问天启航飞宏愿。

诗意《天鹅湖》

——经典交响乐赏析

俄罗斯作曲家柴可夫斯基于1876年创作了交响乐《天鹅湖》，至今已近150年了。随着时间的流逝，我们都终将老去，但《天鹅湖》旋律中的诗境，青春依然。

——题记

一

管弦乐经典交响，
心陶醉多少世纪。
精灵已飞进音符，
随琴声乐曲写意。
演绎起古老神话，
竟如此优雅美丽。
为凡土开辟仙境，
神飞来一曲诗意。
主题曲天鹅起舞，
双簧管音色和熙。
情节舞乐音飞转，
竖琴弦华彩虹霓。

二

古老之湖边湿地，
有一座城堡静谧。
公主如百花仙子，
园林景四时美丽。
春风起桃源枝香，
夏季鸣百鸟晨曦。
秋水漾七彩林影，
冬雪映湖心山霓。
不料想邪恶飞来，
将公主美貌隐匿。
白天鹅环绕身边，
天丽质难以寻觅。

三

天鹅们心疼公主，
为朝夕四季欣怡。
伴时时心急如焚，
谁能有解救妙计。
雾朦胧水影摇曳，
琴忧郁低声叹息。
王子与公主邂逅，
湖水连山色旖旎。
柔情伴公主仙影，
领舞起韵雅香宜。
那凄恻动人琴声，
倾诉着情景迷离。

四

小提琴含蓄典雅，
如仙泉宛转流溢。
大提琴深沉庄严，
如天湖清漾神怡。
乐之音环绕天鹅，
琴之弦传递诚意。
仙王子化作勇士，
集智慧解救心仪。
音色将过程酝酿，
情节从乐谱传奇。
管乐契涵着仙遇，
弦乐连接着主题。

五

神灵佑公主复颜，
美貌如天使雅丽。
众天鹅萦回伴舞，
满湖水翩然飞翼。
小天鹅欢快舞步，
大天鹅优美舞姿。
主旋律弥漫湖水，
圆舞曲辉映山熹。
心相印同曲共舞，
天鹅湖交响诗意。
当帷幕再起之际，
雅音绕仙境如昔。

世外时间春未竟

——写给诗意的花样年华

世外时间何为竟，
玉宇空间何为倾？
南北西东皆为正，
九衢十方一心梦。
古卷诗行桃源行，
昔时避秦不迷蒙。
五百一瞬今人叹，
万方唱和经典风。

世外时间在卷帙，
深读仙雅不眠更。
月船载馨学海潜，
星光为吾启航灯。
田园诗意百花竞，
山水灵感诗意滃。
春意阑珊四季美，
已知未竟琅书声。

附注

陶渊明《桃花源诗》中有“奇踪隐五百，一朝敞神界”名句。

视野与先驱同行

——收看天宫课堂有感

视野与先驱同行，
银河系辉映群星。
心走在征程前方，
那满宇未知仙境。
有多少问号伴随，
有多少再取之经。
探索自上古开启，
路漫漫感动神灵。

空间站天宫课堂，
天地间神奇共鸣。
未觉知茫然宇宙，
激发起向前风景。
地球外翘首仰望，
星际间心灵呼应。
不畏行旅程坎坷，
只为信不虚此名。

思 想

思维自诞生不迷，
有多少奇迹虹霓。
寻找着天意归宿，
起伏着仙音梦笔。

诗三百启程梦雅，
源泉水长河清溪。
赋比兴辞采藻饰，
君子风弘扬六义。

屈原梦神奇天问，
为宇宙渲染美丽。
立尘壤横而不流，
皇嘉树苏世独立。

诗仙自辗转长安，
路曲折梦想不移。
心不忘重振大雅，
再挥翰中锋正笔。

诗圣从少壮驰骋，
大笔墨东岳浩气。
始终将天道苍生，
环绕在笔锋流溢。

苏轼将人间坎坷，
寄语向明月今夕。
但愿有人间真情，
不再是难寻难觅。

亘古之思想火花，
辉映着古题新意。
何时起何时生彩，
瞬时点宇宙文思。

附注

1.《诗经》六义：赋、比、兴、风、雅、颂。

2. 屈原《橘颂》：后皇嘉树，橘徕服兮……苏世独立，横而不流兮。

3. 李白在诗歌《大雅久不作》中抒发“扬起中锋正笔重振大雅之风”的豪情。

4. 杜甫《望岳》中的登泰山“一览众山小”，后人再无超越，《茅屋为秋风所破歌》“大庇天下寒士俱欢颜”抒发了仁者爱心之情怀。

5. 苏轼《明月几时有》中的名句“但愿人长久”百世流芳。

溯　源

——端午感怀

诗笔流溢之寻觅，
是蓝墨水之源泉。
那一程唯美意境，
距此有多么遥远。
我曾想无论时空，
乘清风回溯一览。
无奈之世俗纷扰，
使梦想未能如愿。
在端午节之今天，
我遥向汨罗江畔。
那曾有您之足迹，
有我为您之心虔。
九畹兰香百亩蕙，
还等您年复一年。

粽香飘溢龙舟竞，
还为您江上飞船。
您笔下语言艺术，
更加熠耀着诗坛。
您华章思想境界，
化作唯美之文澜。
泉涌之一江汨罗，
满载着对您思念。
端午之一篮粽香，
浸润着世人伤感。
精神之无形传递，
使寻觅不再遥远。
诗意之无声渲染，
在心灵融入长篇。

泰山经石峪感怀

宇宙有多久多远，
心灵同天地漫漫。
天河中日月星辰，
映九重浩瀚流转。
大自然境由心生，
大智慧修度凡仙。
多少心铭记经典，
多少世月下悟禅。
曾经菩提树仙境，
风雨中绿荫依然。
曾聆经石瀑水帘，
雅音中智慧流传。
闻古典梵呗赞颂，
向西域取经辗转。
多少次大漠迷茫，
多少篇译著斐然。
泰山石峪之镌刻，
流传至今之经典。
若洋洋清音流水，
如巍巍岱岳高山。
经瀑入心扉流淌，
佛祖向天地俯瞰。
金刚智慧之境界，
大千世界之久远。
心灵读流传经典，
悠然于凡世暖寒。

附注

1. 经石峪在泰山南麓红门宫至中天门登山盘路东北方向的溪流中，溪流石坪上镌刻有佛学经典《金刚经》的部分经文。

2. 菩提：是“觉”的意思。

菩提树：佛祖坐在树下成道的大树。

3. 梵呗清音：佛教徒用古印度雅语诵读佛经和赞颂佛祖功德的语言。

泰岩龙潭之恒

岱岩龙潭之风景，
稳如泰山之家国。
群峰呼应固山脉，
万有引力连星座。
那是上苍之恩赐，
自然美丽蕴超卓。
那是向上之力量，
自强巍峨超熠烁。

泰岩纵横之起伏，
千山松风虹飞阔。
龙潭泉源之浩瀚，
万岭溪流水涌波。
摩崖金刚古镌刻，
经典恒久之传播。
大千世界崇星火，
生生不息之恒阔。

天地间春风依然

绿仙子转过身影，
回望那曾经仙境。
再起秀洒满春意，
仙宫阙宇远海靖。

泰山上松涛云海，
秦风起汉赋回声。
天地连祥龙环绕，
齐鲁园木铎金鸣。

北瀛海一望无际，
鲲展翅水远气清。
南北极鹏翼扶摇，
星宿转日月高升。

大自然何始何终，
大智慧四季春风。
睿灵将霖雪雨露，
融汇在天心圣境。

附注

木铎：此喻儒家仁爱思想之教化。

天宫仙境飞箭船

长征火箭竞飞天，
炎黄世族程昊远。
华夏祖传古智慧，
盛世乐章今梦圆。
星海向前龙腾起，
谁使鸾飞凤舞然。
潜心探索天问由，
谁起鲲逸鹏飞天。
感恩上苍天恩赐，
遇水方舟扬风帆。
自强根深集信念，
乘风扶摇直九天。
一上星海览盛况，
神舟舰队远征战。

又载月船绕仙境，
嫦娥玉兔飞广寒。
众星环绕紫微座，
北斗引领新航线。
卫星读写天万象，
风云变幻星璀璨。
圣贤自古燃梦想，
自强信心赋诗篇。
罗霄井冈山连脉，
陕北延河水逢源。
乐山仁心佑苍生，
乐水睿智度凡仙。
北斗神舟嫦娥月，
天宫仙境风云连。

天河分水

——写在七夕之际

天河分水岭万方，
缘何六月大雨滂？
酷热让路朔风起，
古河瀚海太平洋。
时来韵雅匆匆过，
迷津水廓阵阵沧。
水影涟动层层漪，
不解时空逝水茫。

溯源火星天问启，
若干年前大海洋。
冬去春来寒暑转，
太阳龙帆聚能量。
今至故地寻仙境，
太液干涸瀛海荒。
谁力回天昔时梦，
再现旷古星辉煌。

回眸梦境月亮河，
长夜清柔桂枝芳。
南北之极山连海，
月娥红袖彩云雰。
心联朔望星桥转，
不见泉瀹雨雪滂。
寂寥漫遥月峰静，
曾经阆苑玉殿桩。

今闻牛郎天河往，
传书天庭字含香。
天王海王雨雪瀹，
火土金水木森广。
太阳北斗行星亮，
银河星际鱼米乡。
天地人和同心梦，
天宫月殿凤飞翔。

天河仙境月亮峰

为什么历代诗人对月亮如此向往？为什么在星疏月皓的静夜更感觉宇宙的深邃？

——题记

为何望月如仙境，
古人诗意梦笔生。
怎绘星海银河月，
天涯海角星月逢。
思绪冉冉萦月绕，
视线遥遥攀月峰。
非醒非梦倏忽念，
亦迷亦悟灵感恒。

一梦忽然飞舟行，
转水绕山仙羽风。
恍如月天云水境，
欣闻月山风雨声。
一梦忽醒水滢滢，
涟水湖屿兰若瀛。
波影潋滟花萼动，
仙雾缭绕树空蒙。

一梦忽山新雨后，
寰溪交响岳麓峰。
激流飞花清泉唱，
滢瀑深潭碧玉澄。
一梦阆苑百花琼，
晶枝玉叶蓓蕾萌。
雨露霜雪连四季，
香霭回廊玉阙逢。

东山朝阳西岭月，
怎辨是醒还是梦。
昨夜星辰昔时墨，
谁彩深情绘月恒。
开卷经典心渐悟，
阴晴朔望皆心逢。
自有神灵大笔墨，
天河仙境月亮峰。

天上曾有一卫星

——纪念东方红一号卫星

一号星奋起飞翔，
东方红伴其远航。
回望向五十年前，
飞天梦扬起翅膀。
银白色为它美丽，
若出征将士戎装。
长征箭为它壮行，
如出征号角吹响。
听太空传来一曲，
满载着民族梦想。
看天上环绕一星，
万里路任其飞翔。
卫星从天上回望，
心连心多少目光。
卫星向家园俯瞰，
山连山多少城乡。

卫星向前方奋翼，
多少梦同其向往。
卫星忆壮大旅途，
多少代伴其成长。
看西风荒原大漠，
沙尘飞红旗飘扬。
看彼岸异域大洋，
越迷茫报国回乡。
冲击波飞起云层，
挡不住科技理想。
橘红焰助力心梦，
忍不住热泪盈眶。
一次次艰难选择，
一篇篇成功辉煌。
一代代承先启后，
一页页感动诗章。

天上同一个月亮

天上同一个月亮，
清滢溢辉兮万方。
世上无数计感觉，
化作唯美兮流芳。
萦绕南岭之江月，
静聆凤尾竹清唱。
辉映昆仑之松月，
动感风云雪飞扬。
海月转兮潮起落，
不染尘埃赋春江。
雪月飞兮寰宇净，
一袭纯色素银装。

诗仙笔上关山月，
边塞故园久相望。
诗圣篇中古诗月，
京华北斗寄遥想。
东坡把酒问明月，
绵邈起伏连朔望。
鱼龙跃潜时彼此，
赤壁江流月东上。
月照同舟万水济，
景致各异世无双。
流水西东或南北，
望月东山不迷航。

天使之城上雪花

一曲曲熟悉旋律，
旋转一枚枚雪花。
从无始之来响起，
向深空浩邈无涯。
那晶莹别致色彩，
自古贯一之清佳。
那漫天飞舞精灵，
使问天风景潇洒。
在一梦独醒邃古，
诗赋曾为你醇化。
向一望无际星海，
知音又伴你奋发。
随风起舞之音符，
在雪峰生根发芽。

环绕星宇之节奏，
向未来时空升华。
朔风飞卷起雪龙，
高九重仙境诗画。
图腾雕琢成宫阙，
清一色玉宇雪花。
每一花朵之超逸，
上苍赋予其典雅。
每一心灵之虔诚，
音色主题其浓嘉。
从未来回溯之旅，
若初见风雪如画。
向星辰大海仰望，
天使之城上雪花。

天使之夏

天使翅膀载清爽，
泉石泠泠水万方。
蓊郁麓峰铺满绿，
长河粼粼雨点滂。

雨中宫阙风满楼，
金龙潺潺蟠水翔。
大河浩渺入海阔，
灵鱼奕奕虹桥长。

雨后绕山碧水漾，
月仙柔柔转霓裳。
柳枝梳妆平湖镜，
蝶结袅袅碧水方。

雨泽山秀水满塘，
荷叶婷婷玉容芳。
瑞莲朦胧月中影，
星光熠熠芙蓉香。

“天问一号”之歌

——贺“祝融号”胜利登陆火星

天问一号信心恒，
日照程凯御仙风。
二百九十七昼夜，
浩瀚星海驰远征。
古老楚辞曾诗意，
化作起飞高翼鹏。
神奇经典又撰述，
探索行旅恒胜境。
漫漫史书文连载，
代代向前凝心声。
浩浩天河心遥望，
程程飞天有贤能。

曾经古篇起疑问，
斗转星移为何逢。
更有万世众迷茫，
天圆地方四时景。
问鼎天河行之旅，
火神祝融高阳映。
指南北斗天宸转，
飞箭载舟起神灵。
沧桑巨变星海路，
和平火炬续文明。
火星之旅九天远，
日皓月明见忠诚。

天之雨

没有雕琢之痕迹，
天然晶莹之美丽。
无论谷深或山高，
还是今朝又昨夕。
九百六十万大地，
春夏秋冬玉润及。
历年万亿神圣意，
惜时甘霖日月积。
天上银河地上水，
昆仑雪山桃源溪。
三江清源不老泉，
大河神州东方曦。
桂木兰桨九龙舟，
凤羽鸾翼五彩霓。
吾将写意天之雨，
仙风云旗北辰熠。

同一首祝福

——收看《庆祝中国共产党成立100周年大会》电视直播感怀

一

在神州广袤大地，
多少次日升月起。
在人类文明长河，
多少心智慧云集。
同一片蓝天绿地，
同一首赞歌梦笔。
九万里山河交响，
五千年画卷诗题。

二

虽然有道路辗转，
仍不改初心诗意。
尽管是探索艰难，
仍信心化作飞翼。
古朝代汉唐在先，
曾经为民族崛起。
今盛世复兴梦想，
承先圣富强如意。

三

看今天华夏江山，
是如此锦绣神奇。
听盛世共鸣音乐，
是多么和谐雅致。
感时代精神召唤，
今胜昔山水壮丽。
阅人民生活幸福，
大家共美满如期。

四

中国人和平理念，
自古来心凝神怡。
先圣贤传递精神，
向前进信心不移。

党领导事业腾飞，
高速在八方奋起。
百年梦神州大地，
英雄创中国奇迹。

五

飞天从古代壁画，
以宇宙速度远齐。
北斗星导航指引，
空间站天庭浩气。
嫦娥飞地月航线，
神舟号天宫舒翼。
太阳系问天火星，
大火箭运载给力。

六

从万吨巨轮始航，
到蛟龙深海游弋。
从高速公路通达，
乘纵横高铁适意。
从城乡差别对立，
向城市乡村合一。
从餐桌满足温饱，
秀粗粮细吃厨艺。

七

中国梦百年巨变，
信仰在经典道理。
老百姓生活幸福，
感恩向党旗浩气。
今天在电视机前，
同感受民族崛起。
激动之心情化作，
同一首祝福传递。

为和平正义之战

——电影《英雄儿女》观后

银幕上《英雄儿女》，
英雄赞歌之共鸣。
在一个金色秋季，
曾战争旋律迎风。
七十年前之时点，
是谁使山河震惊。
七十年前之跋涉，
是何使民族梦醒。

才刚刚奋起步履，
还未显智慧潜能。
才刚刚宣告胜利，
却突遇挑战逆境。
古老华夏之东方，
为何有硝烟弥蒙。
五湖四海之大地，
秋风动江水回声。

鸭绿江畔之那边，
战火映四面山峰。
志愿军队之奔赴，
迈步向信仰征程。
激越嘹亮之军歌，
飞跃大江水阔澄。
雄赳气昂之风采，
保家卫国佑苍生。

一代伟人之宏愿，
舞动军旗之长风。
大国民族之底蕴，
奋起精神使常胜。
多少次战役极限，
未阻浩然气方正。
多少人前赴后继，
誓捍十方界和平。

为宇宙和平牺牲，
涅槃在天国英灵。
被英雄感动滴泪，
心灵起无限崇敬。
史诗续写之赞歌，
起神州正义长风。
踏着先烈之足迹，
让和平恒铸文明。

唯有此芳

君子兰萌六月馨，
回眸又见那早春。
百花婀娜时妩媚，
唯有此芳源水深。
本心清正颜玉容，
仙韵端庄丛连根。
潇洒四时知寒暖。
质雅文慧意传神。

彬彬风采经典来，
郁郁芳馥百世存。
积蕴深深珍言讷，
攒花奕奕惜时敏。
丛溢德馨灵若水，
诗赋音律韵如琛。
山形巍然仁者相，
风景未央四季春。

我们从秋季走过

我们从秋季走过，
感受大自然承托。
那是泉水之甘醇，
成溪向江河湖泊。
那是风帆之洁白，
起航向海蓝宇阔。
那是太阳之赤热，
映星月旋转如梭。
那是土地之金沃，
生智慧日益增多。
从古曲音符舞动，
看高山流水临摹。
从梅兰竹菊写意，
知古代君子寄托。
从上善若水道理，
悟世事随遇自若。
从和而不同思想，
传民族精神薪火。
如逶迤长江黄河，
滋润流域之辽阔。
如崇峨五岳松柏，
俯瞰路人之粉墨。
如春风吹遍绿野，
焕发草木之壮茁。
如瑞雪兆丰粮仓，
辛勤在金秋收获。
我们漫步在秋天，
览缤纷崇尚淡泊。

我们也曾经年轻

——时代风采之五月

我们也曾经年轻，
生命前进在征程。
像东方升起太阳，
朝霞辉映着憧憬。
启蒙在知识大海，
学之涯船乘长风。
大风浪浩瀚深广，
若海天潜龙飞鹏。
耕耘在知识田野，
时之计晨曲春耕。
沃土地生根发芽，
入冬来瑞雪年丰。
梦想在知识九衢，
勤之径识途驰骋。

阔视野诵读经典，
路越远越见忠诚。
大宇宙海阔天蓝，
童心灵山仙景胜。
天赐心知足幸福，
时伴人天地共生。
从泉源奔向大海，
从萌芽长成林峰。
起步至通衢万方，
修心在方圆雅正。
时间列车在飞奔，
五月有当代风景。
学问在广阔天地，
宇宙有浩瀚回声。

我清清看着月亮

我清清看着月亮，
那一水潺湲芬芳。
我悠悠聆听玉宇，
那一曲田园交响。
桃源之五柳诗行，
在无弦琴上流淌。
秦岭之摩诘画意，
自无言卷中徜徉。

世外有仙风环绕，
深蓝天月皓星芒。
世上又春暖花开，
轮回中树绿花香。
雨滴水轻轻叩问，
桃花盈你在何乡。
月华宇柔柔和韵，
刹那时即是万方。

附注

1. 东晋诗人陶渊明自称五柳先生。

2. 唐代诗人王维，字摩诘。

3. 陶渊明物质生活窘迫，精神生活丰富，言诗抚琴陶冶情操，无论琴是否有弦。

我向着太阳启程

我向着太阳启程，
春夏秋冬有长风。
我揣着信心驰骋，
高山流水有和声。

我先要忘记性别，
古往今来远长征。
木兰辞飞渡关山，
盔甲战袍捍心诚。

我再要忘记年龄，
传奇史诗自心胜。
佘赛花北宋女将，
文韬武略经典梦。

我更要超越曾经，
成功喜悦坎坷峰。
大宇宙自强不息，
青青子衿何言成。

附注

“青青子衿”：典出《诗经》，其寓意为周代的读书人，此喻小小的我。

武圣文澜古国风

一

东方古国宇多远？
昆仑山脉东海连。
史河征程水多长？
日月生辉年复年。
白雪漫天北风啸，
领略沧桑不易颜。
天庭春洒甘霖雨，
环绕玉宇不畏寒。
上古风景今朝现，
扬帆飞舟长画卷。
写生万象山水意，
源泉文化春水漫。

二

东海姜尚闻西伯，
战时风云峰壑连。
宦海沉浮勘乱世，
临水辗转鱼龙潜。
有梦一日飞船起，
蹉跎年代时运转。
求贤一朝文王梦，
先圣宗师闻道诠。
辅佐君王霸业成，
韬略转战古中原。
缔造齐国东临海，
武圣宏图太公愿。

三

文心雕龙巨著篇，
宗经圆梦雅文澜。
造化神采连宇宙，
先朝文卷潜心研。
本道师圣心智慧，
经楼珍藏山水涵。
搦笔挥毫论文撰，
诠释文笔溯本源。
诗乐赋赞分体论，
史传论说岁纪绵。

题材体裁风格异，
积学储宝神象联。

四

尚武崇文仕德风，
文武举世泉有源。
亘古武圣太公望，
千万骐骥驰中原。
理论巨著导航仪，
文论诗词气浩然。
孔孟仁义泉源漾，
积水浩瀚巨轮船。
北辰指引星海梦，
初心满满动力源。
银杏根深经楼屹，
日高东海万里远。

附注

1. 姜尚（？—约前1015）：字子牙，也称吕尚。商末周初政治家、军事家，辅佐周文王建立霸业，后世尊崇为武圣。

2. 周文王姬昌（约前1152—约前1056）：周朝奠基者，能敬老慈少，礼贤下士。

3. 刘勰（约465年—约532）：字彦和，祖籍东莞郡莒县（今山东省日照市莒县）人，是中国中古时期文学理论巨著《文心雕龙》作者。根据《文心雕龙·序志》，曾梦见自己随孔子南行。刘勰认为，人类从未有如孔子高尚的圣人，要阐明圣人的思想，没有比注释经书更好的了，前人对经书的注解已经阐发得很精辟了，后世文章究其本源来自经典，其功用都是经典派生的枝条，因此有“搦笔和墨，乃始论文”之说。

4.《文心雕龙·原道》篇阐释的是，文章本于道，是道的体现，普遍存在于天地和人类社会。《文心雕龙·征圣》阐释的是，写作文章必须以圣人的思想言论和作品为依据，“征圣”意为验证于圣人。《文心雕龙·宗经》阐释的是，文章必须宗法经书的主旨。开篇三章是指导写作的总的原则。

5. 日照浮来山刘勰故居有树龄4000岁以上的天下银杏第一树，根深叶茂本固枝繁。大树旁即是郭沫若题写的刘勰校经楼。

惜时仙荫牡丹香

因为等待春天，牡丹辗转来东方；因为积累芬芳，牡丹暮春香满园。

——题记

时间仙荫香牡丹，
七彩芬芳月亮山。
韵涵芬芳绕山水，
雪花漫漫北风连。
上苍启示待春暖，
惜时轮回净心虔。
丹芯柔婉月朦胧，
世外仙风清水畔。

时间信守韵一念，
天将白雪瑞其间。
时间绿荫意一执，
月连朔望正其源。
古韵芬芳新叶萌，
春早峭凛细雨甘。
玉枝含苞仙朵蓊，
春暮不晚香满园。

仙曲玉蝶细雨蒙

——小提琴协奏曲《梁祝》随想

初夏的夜晚，雨点轻轻的声音，将思绪缓缓地带入烟雨蒙蒙的绿茵，园中的花已落红，雨枝上杏蕾萌绿。悠悠的琴曲从遥远的时空飞来，眼前恍如双蝶翩然……

——题记

恍如同窗琅嬛梦，
相伴诗书琴曲萦。
青梅竹马时不觉，
春去冬来一弦倾。
沉思幽幽心中悟，
疏醒姗姗心即明。
朝曦暮霭时荏苒，
相遇相别世忽逢。

长亭话别细柳萦，
满弦倾诉委婉情。
兄弟之谊心无猜，
日月情长意专诚。
月清仙音雅言婉，
心明难陈花弄影。
怎将原委细本末，
欲言又止难衷情。

楼台再会音缠绵，
琴瑟和鸣万虚凝。
低音回旋一曲意，
高音柔婉一弦情。
昔时同窗情回溯，
今夕再遇月中逢。
相约前生今世梦，
相许海石不变情。

如梦如醒双蝶飞，
一弦琴曲细雨蒙。
若晨若昏绿茵转，

一纸诗行不眠更。
今世境遇同窗映，
前世有缘雅乐逢。
仙曲经典双飞翼，
天荒地老有真情。

附注

小提琴协奏曲《梁祝》主要音乐情节如下：

其一，同窗共读；

其二，长亭送别；

其三，楼台相会；

其四，化蝶。

仙月亮

——写于2021年中秋佳节

中秋佳节天河漾，
星蓝水远仙月亮。
古来多少笔中墨，
月萦诗意起华章。
一飞典籍嫦娥梦，
月宫流溢百世芳。
一如雨润心泉漾，
月桂诗彩墨含香。
天庭星河九重远，
智慧嫦娥月殿上。
倍念家长舒袖舞，
七彩五古和诗望。
诗仙感应天上月，
忽忆早年离故乡。
半轮秋月满江水，
思绪纷纭笔惆怅。

开元盛世九龄梦，
四海五洲满银光。
天涯海角此时月，
清丽诗风起名相。
东坡把酒心乘风，
宫阙起舞连朔望。
月殿人间疑何似，
才情不眠伴月翔。
今夕此时仙月亮，
潺湲水影载天香。
银河星桥月宫殿，
诗行斟满桂花酿。
谁题长卷天河月，
谁笔巨幅寰宇象。
谁诗一曲月娥舞，
谁意弥漫月仙乡。

附注

1. 最早记载月亮神话的有《山海经》《易经》等古代典籍。

2. 青年李白最早离开蜀地时诗作有《峨眉山月歌》，后来怀念故乡的诗作有《静夜思》等。

3. 唐开元名相张九龄《望月怀远》名句：海上生明月，天涯共此时。其诗风清丽素练。

4. 苏轼《水调歌头·明月几时有》中句：但愿人长久，千里共婵娟。为古今中秋名句。

向前之汶川

——纪念十二年前汶川特大地震救援

十二年前之今天，
特大地震降汶川。
山清水秀之地方，
突然面临大灾难。
大地颤抖青山痛，
江河呜咽流水寒。
四海记录满泪水，
五岳见证大救援。

中央紧急作部署，
总理火速飞汶川。
救援抗震总指挥，
大军各路齐向前。
天兵崇山飞峻岭，
舟艇激流越险滩。
生命通道大营救，
信心重任力承担。

白衣天使起方舟，
驶向巴蜀大救援。
手术连台无昼夜，
仁爱连心奇迹传。
人民教师楷模树，
舍身救人师德篇。
感天动地扬浩气，
忠魂翼飞向蓝天。

少年英雄新时代，
震灾救人解危难。
沉着镇定排险阻，
机智勇敢本色现。
襁褓婴儿慈母佑，
灾难降临不畏险。
地动山摇何所惧，
彩虹撑起一片天。

神州各界献爱心，
时空相连向汶川。

五湖四海解囊助，
仁爱传递天地间。
万国救援重洋渡，
一方有难八方援。
寰宇山水日月转，
巴蜀地天真情暖。

今天回望向汶川，
山清水秀映蓝天。
众志成城创奇迹，
气壮山河景依然。
逝者天堂已安息，
生者奋力勇向前。
抗灾兴邦国崛起，
万众重建新家园。

校经楼感怀

参天大树之银杏，
曾见证一个梦想。
本道师圣者智慧，
在校经楼上珍藏。
博学精论之巨著，
连亘着大地上苍。
人生造化之境界，
蕴心底搦笔成行。
多少个朔望交替，
卷帙又洒满银光。
多少个春夏秋冬，
繁枝又果实金黄。
时光在静静积累，
成就一篇篇隽章。
清风来悄悄看望，
传送一缕缕馨香。

有宗经得义之美，
载文笔纵横向往。
有诗衢恒固之裁，
为言志雅正万方。
有谋篇意气之盈，
起鸣凤辞采高翔。
有知音难逢之叹，
化幽兰出土芬芳。
而立之年有梦想，
古今智慧者崇尚。
傲岸泉石之境界，
深为后来人敬仰。
神州上千年睿智，
若秋实果枝辉煌。
校经楼前之感慨，
映长河源远流长。

写给母亲河的歌

——蕙兰敬献母亲节

白雪自昆仑山脉，
酿清泉黄河长江。
精神之甘甜乳汁，
育华夏古老诗章。
大地上桑田沧海，
五千年风云激扬。
道理自经典阐释，
源流向九衢万方。

九百六十万土地，
您养育仙境康庄。
三百六十五昼夜，
您辉映日高月朗。
源泉水饱蘸笔墨，
撰写成世代梦想。
智慧篇承前启后，
胜于蓝画意诗行。

上善之浩然水流，
您越过多少山冈。
仁慈之宽阔境界，
您滋润多少仙乡。
大江水辗转楚地，
使语言艺术馨香。
大河瀑流向齐鲁，
起儒学靖宇安邦。

我诞生黄河长江，
那一片诗意土壤。
楚辞赋九畹兰蕙，
自古典自然芬芳。
江河之生生不息，
蕴诗笔清新流畅，
祖传之语言艺术，
育心灵赋诗含香。

雪如意

奥运吉祥雪如意，
冰雪盛会冬梦起。
古奥源泉万水漾，
圣火飞扬五洲熠。
群英赛场京都聚，
晶莹靓丽神采奕。
雪道竞飞春风燕，
冰河起舞鹏羽翼。

一飞如上神宫阙，
长信明灯胜古昔。
一跃如乘仙虹宇，
典雅会徽五彩霓。
聚雪奥林圣山境，
飞天星海银河曦。
东方风景中国梦，
信心接力正月吉。

附注

1. 2022 北京冬奥会会徽为汉字“冬”的中国书法艺术形态。

2. “雪如意”为 2022 北京冬奥会一滑雪赛场的建筑艺术设施的名称。

雪之花

神灵写意雪之花，
白壁晶莹九天涯。
冷韵飞弦朔风舞，
白雪漫天洁无瑕。

五岳不畏寒浓意，
巨松臂力万岭崖。
四时不易常青绿，
为雪捧来五彩霞。

三江启航大地暖，
源流仙境七彩画。
万水如镜天上月，
伴雪奇峰白玉峡。

腊月盛开雪之花，
季节不寒风景佳。
瑞丽优雅可人意，
天真意境天使花。

寻宝开卷书中香

寻宝藏在书中香，
经典之旅有多长。
古人抬头星浩瀚，
还有一枚圆月亮。
玉兔环绕桂树绿，
吴刚捧出桂花酿。
嫦娥回望来时路，
蓝色星球白云翔。

寻宝日程书中香，
光速波及星海漾。
太阳星系咫尺近，
五行环绕心神旷。
生生不息心有梦。
泱泱无涯宇万方。
月亮飞船天河远，
太阳动力长续航。

寻宝开卷书中香，
探索之梯有多广。
橘红火焰箭飞天，
空间宫殿灯辉煌。
春秋杏坛弟子梦，
科技校园云课堂。
无线传授音画美，
视野开阔心敬仰。

寻宝遨游书中香，
天河文化大桥梁。
远古神话飞天梦，
大千世界弘理想。
启航之梦加速度，
行程之远鹏翼扬。
潜心开卷读朝暮，
生生世世闻书香。

附注

1. 杏坛：两千多年前的春秋时代（公元前 770—前 476），儒家先圣孔子（公元前551—前479）在上古杏坛传播思想与教授知识，有弟子三千，开创将仁爱思想贯穿于教育理念之中的先河。

2. 五行：我国古代思想家将宇宙万物万事的多样性和物质运行的演变规律，以“金木水火土”做简易形容。后太阳系的部分行星名称沿用此称谓。

仰望屈原

——再读《楚辞》

曲折漫长古道兮，
典雅诗赋世沿袭。
汨罗江水仙流奔，
高阳后裔才华溢。
先河潺湲美善兮，
灵源深邃稀世奇。
曾经遥远楚国地，
诗意泉流斗星移。
屈原自古走来兮，
四时交替众芳丽。
肩披悠香仙草芳，
心执兰蕙典雅意。
笃信社稷美政兮，
贤臣德相古传奇。
生不逢时路辗转，
寄情山水心有期。
亲植兰丛九畹兮，
辛勤耕耘争朝夕。
又树蕙园百亩地，
依时四季馨芳溢。
理想主义神圣兮，
生命本色飞凤仪。
世俗利益熙熙攘，
信仰征程遇阻逆。
君子忠勇宏量兮，
谁可明心之诚意。
尘世险恶忽狭路，
谁能阻逸之茫迷。
不为取悦利弊兮，
谨守中庸道之理。
赋诗集韵宗经典，
文笔翰墨自然宜。
忽以远望游目兮，
览向四方之和熹。
戴以行装玉佩琦，
兰皋芬芳骐骥驰。
晨起苍梧出征兮，
太阳圣驾御和曦。

崦嵫山前缓慢履，
探索旅途路不迷。
虬龙玉凤奔驰兮，
车乘长风飞天际。
神仙宫门风云会，
峰环暮色昆仑西。
风神飞廉前骋兮，
月清银白圣山晳。
雷师护佑天时利，
鸾凰盘桓凤飞翼。
圣山白河神水兮，
遍地仙草芬芳集。
一览八方天之远，
一程巡行地之极。
赫熹辉映天国兮，
怀乡忽然念楚地。
玉龙回望马鸣起，
星辰相随日夜继。
九州广袤大地兮，
贤能之才伯乐集。
仙凤神骐高飞翼，
诚心尚美不识疑。

仰望星河

——写给九月开学路上

东方升起红太阳，
学生心飞天凤凰。
开学相逢在路上，
微笑问好程相向。
校园教室齐排列，
晨读梦想满课堂。
童心聪睿集雅音，
老师开启新篇章。
仙音传授心灵会，
理想爱心溢芬芳。
圣贤道理文笔起，
引领启蒙连万方。
文章根深自经典，
语言艺术源流长。
渲染主题诠词汇，
奔腾黄河水长江。
滋润自然蕴冷暖，
挥笔万象绘沧桑。
凝聚数理化形神，
拓宽视野东西方。
天外天上起天河，
神舟飞船正远航。
星连星外有星海，
信息大千程远洋。
导师描绘今盛世，
启迪学子心自强。
泛舟学海求知梦，
日月新程路远长。

遥想美丽之火星

文明源泉心寻觅，
茫茫星海飞船起。
贤哲亘古向天问，
一览漫长时空移。
太阳照蓝天如玉，
月亮升晴空若洗。
众星拱辰北斗绕，
十方宇宙远景齐。

多少回溯足迹存，
火星泉涌水澜漪。
多少上苍天恩赐，
自然演化逢契机。
昔时水淏林森茂，
火炬四季随风移。
今朝山高长谷深，
天问九衢圣神怡。

向着火星再启航，
人类回溯飞帆翼。
风景今世几多远，
故地今朝几如昔。
是否天仍四时转，
是否地仍山水依。
一旅飞帆信心恒，
一笔诗意彩墨晰。

火星泉涌源流海，
方舟精灵心雅集。
天问漫漫征途远，
太阳龙帆凤飞翼。
天赐超然能量聚，
万里仙境九重丽。
感恩上苍蕴神奇，
史前文明再辉熠。

一程程星辰大海

——写在嫦娥五号回家之晨

一程程星辰大海，
文明接力之同续。
如春风太阳煊赫，
照亮广袤之天宇。
飞驰宇宙之速度，
续航向天宫先驱。
在月亮欣然邂逅，
载惠赠乘风鹏举。
大千世界之梦想，
超越既定之疆域。
将五湖四海通连，
共歌向前之序曲。

开拓征程之火箭，
带视野飞向广宇。
严谨程序之计算，
伴嫦娥神舟远旅。
多少期盼之目光，
如晨星闪烁天衢。
化作五彩线音符，
高歌大地之东旭。
梦想旅程之嫦娥，
高举载誉之火炬。
将上苍赐予神奇，
起家园芳香馥郁。

附注

2020 年 12 月 17 日晨，嫦娥五号胜利返回地球家园。

一程相伴

——写给农历七月

一程相伴路多远，
牛郎织女天河宽。
月船星桥多少时，
冷暖雨雪四季转。
美丽神话几时起，
古人谁笔长画卷。
那时怎知今人梦，
一翱银河九天远。

一程相伴心不远，
天连千重万水山。
飞雁传书时时在，
日月星辰境境连。
牛郎不再叹河宽，
织女不再望眼穿。
鹊桥中转科技梦，
一如银羽漫九天。

一个真实的梦境

如一座水晶宫殿，
距此时天河不远。
水桥边绿意摇漾，
宇天上星花璀璨。
优雅之仙音环绕，
音符在五线婉转。
柔曼之旋律舒缓，
超越曾时间空间。

琴键上飞来雨滴，
银河水丽漪清涟。
音程上飘起雪花，
星际间奇峰重峦。
不曾闻尘世喧嚣，
那一片净土桃源。
不在意迷途坎坷，
那一世清白人间。

氤氲之浓雾渐消，
心灵在山口水源。
知遇从时空对面，
邂逅经山高水远。
宇宙之清泠雨水，
为心境洗涤困倦。
四时之昊远诗意，
为春意百花芬繁。

不觉知时间异样，
不觉知空间荏苒。
仙乐从高山流水，
东方又朝霞彩绚。
古卷叹知音难遇，
古水在桃源辗转。
心灵在古城宫阙，
觅时点诗意灵源。

一泓春风之诗墨

一泓春风之诗墨，
渲染早春之吉期。
感恩天助兮神意，
起笔吾心兮思齐。

追随洁白之雪意，
为其清滢之入迷。
谁使雪花兮雅丽，
无边茫茫兮天地。

欣赏兰丛之芳馨，
感其君子之主题。
谁将群山兮幽静，
深入绿色兮写意。

迈向岳峦之行旅，
上其仙峰之寻觅。
谁有攀顶兮勇气，
不畏崎岖兮奋起。

举目崖岩之红梅，
香其报春之善意。
谁在大山兮深处，
笑傲寒冷兮秉笔。

遍山迎春之雪松，
深其绿荫之天意。
谁昂苍穹兮四时，
向阳东方兮屹立。

汨罗早春之笔墨，
语言艺术之凤仪。
赤橙黄绿青蓝紫，
一脉典雅起诗意。

一曲·一梦·一帆·一境

五岳一览向群山，
松风和声共长篇。
谁使乐章喧激越，
一曲自然共凯旋。

万里海纳迎百川，
澜回乘潮入港湾。
何助启程泉何地，
一梦无忧水自宽。

百舸竞渡峭飞湍，
梦想未济起征帆。
何以方向心守正，
一帆风满舵驶船。

亿万人海四时天，
高山流水知己缘。
唯美唯善苍生愿，
一境禅意菩萨泉。

一曲典雅读《惜诵》

玲珑词汇如电子，
环绕典雅为核心。
仓颉创造连浩瀚，
灵感起飞向天辰。
天庭星系组多少，
心灵诗意漾几存。
仰望九天星恒阔，
撰写九章文珍琛。
初心清晰印足迹，
诗意深邃连玉音。
苍天神宗圣为证，
五岳山尊仁风淳。
崖岩万岭众山蓊，
松柏四时一色新。
不因冬夏分寒暑，
木秀林葱势超群。
劲松苍岩岭上峰，
湍湍激流涧中雯。
何以分别心乘势，
均以造化形连亘。
惜诵一梦天河渡，
今世一曲知己闻。
不惊仙凡本同异，
不畏攀登途劳顿。
初心起步功成未，
愿景辉煌学海深。
步韵和诗宗经典，
长路漫漫日月新。

附注

屈原在《楚辞·九章·惜诵》中回望自己走过之程，希望尽忠但不被任用。悲愤之际，诗人不得已只能远行。

一组神奇之北斗

那一组神奇北斗，
在引领星座胜游。
多少世仙凡心灵，
共感觉天地悠久。
混沌之初始疑惑，
迷茫之瞶醒探幽。
向苍天敬献雅颂，
绕北斗飞驰神舟。
为什么日升月转，
何时起春夏冬秋。
为什么南洋北极，
都为您仰望固守。

您精准沉静思维，
使纪历组合运筹。
瞰天地四维万象，
在时空乐章起秀。
您深奥缓慢位移，
使四季风景驻留。
欣赏着风花雪月，
分别着起因缘由。
您夜晚闪烁星芒，
使旅途无畏无忧。
指引着星海船舵，
起远景前程飞舟。

意　象

在传统文化中，语言艺术是一种智慧，可以把作者文思中的意境传递至读者的心灵……

——题记

意象被插上翅膀，
畅游到心灵他乡。
青绿树环绕蓊郁，
嫣红花氤氲芬芳。
时间为酿造陶冶，
感觉为醇化添香。
意料外旅途邂逅，
闪烁着异样光芒。

臆想之晨起闹钟，
像一缕和煦阳光。
幻想之夜晚天穹，
有一轮静柔月亮。

雨声滴落在桐叶，
如一池仙乐交响。
绒花飘拂在眉宇，
犹一袭仙女霓裳。

在攀顶峭崖路上，
是我为峰高轩昂。
在搏击巨浪海上，
是鲲起扶摇远方。
让时间静止那刻，
是视野无限宽广。
让鹏翼腾飞那时，
是天河伸展方向。

银龙雪凤竞春风

——北京冬奥会印象

竞春风冬奥盛会，
龙凤舞蓝天翱翔。
古希腊圣火辉映，
仙精灵五彩朝阳。
飞冰雪迎风展翅，
为和平奔向远方。
环宇宙聚焦赛点，
随龙凤视野宽广。

自发源启程至今，
联结起多少海洋。
传圣火高山长河，
辉映起多少梦想。
五环旗五环凝聚，
橄榄枝散发芬芳。
七彩虹七彩环绕，
天地人心怡神旷。

越野赛驰骋雪原，
东方红金色韶光。
飞天竞凌云回旋，
北风劲扬雪助航。
纵轴向雪桥如意，
霓虹绕矫捷翅膀。
横山蟠游龙宛转，
浩气连典雅景象。

雪花飞雪龙图腾，
冰峰览冰河摇漾。
雪凤来雪岭盘桓，
春风起春满时尚。
古赛场精神传承，
敬自然心灵慧祥。
今盛世体坛艺术，
龙凤舞冰雪含香。

英雄开创天河路

——贺神舟十二号飞船载航天员胜利入住空间站家园

前面是星辰大海，
未知之浩瀚旅途。
先贤曾上书天问，
宇宙转孰知何故。
多少代探索勇气，
化作梦萦绕愿初。
日月升伴随身影，
英雄起开创为路。

今晨向天河仰望，
天庭上绘制宏图。
路漫漫精神传递，
星熠熠宫殿高筑。
航天员又起飞船，
十四亿和衷祝福。
龙图腾一程九重，
天路远神灵佑护。

信息联虹飞天地，
航天界英雄辈出。
东风箭点火奋起，
神舟船征程仙速。
天和舱开启玉门，
空间站扩建天府。
航天员如意家园，
中轴线星宇建都。

继圣贤天问一曲，
探索在银河极目。
集睿慧和平文明，
英雄梦谋多智足。
航天员率先团队，
向未知勇敢迈步。
高科技九天家园，
英雄绘天河远图。

樱花雨

——曾经春天之记忆

在樱花若雨春天，
世事如樱花纷繁。
一段段难忘记忆，
化作寄天堂云笺。
有突起灾难迷茫，
这不是虚境梦魇。
有抵御疫情智慧，
绘众志成城画卷。
有白衣天使集结，
赴疫区爱心奉献。
有超前敢言预见，
是上苍赋予灵感。
有多少难忘感动，
催泪水流溢诗篇。
有多少各界真诚，
舍小我为国成全。
有多少国际救援，
为共济扬起风帆。
有多少心灵和弦，
共一曲复活召唤。
感天动地之音乐，
泪水滴落入心田。
敬仰之深奥上苍，
祈求您倾听心愿。
愿春风吹遍大地，
将甘霖滋润人间。
愿空寂城市繁荣，
有仁爱回归宇寰。
愿山河众生无恙，
济天下国泰民安。
漫漫之樱花若雨，
载祈望飞上九天。

永远留住之美丽

——2010 年上海世博会记忆

永远留住之美丽，
描绘世博会长卷。
浦江绵延之波光，
闪烁五千年灵感。
园区绚丽之展馆，
诠释主题曲内涵。
流光溢彩之景致，
震撼参观者心田。

传统文化之美丽，
凝聚中国红展馆。
雄伟东方红之冠，
屹立大海边家园。
典雅之建筑风格，
辉映古文明璀璨。
方正之造型创意，
融汇天地人理念。

自然和谐之美丽，
萦绕世博轴花园。
明媚灿烂之朝霞，
层映博览园空间。
剔透晶莹之雨露，
滋润阳光谷仙苑。
舒展洁白之云篷，
呵护蓝星球家园。

科技理念之美丽，
荟萃新能源景观。
明亮之宇顶幕墙，
镶嵌电池板图案。
起跑之电动汽车，
穿梭风景线游览。
低碳生活之召唤，
展望绿家园蓝天。

心灵智慧之美丽，
凝结志愿者奉献。

飘逸飞翔之热心，
汇聚大家庭温暖。
隽丽鲜明之七彩，
融合普通人心愿。
传播友谊之长虹，
雕塑永久性纪念。

绿色发展之美丽，
编织城市梦实践。
最佳之独特设计，
凸显建设者远见。
期盼之美好生活，
汇集全人类经典。
传承之亘古智慧，
融入地球村发展。

和衷共济之美丽，
书写世博会新篇。
浓缩之寰球美景，
永存闭幕式夜晚。
创新发展之巨轮，
高扬同舟起风帆。
和谐进步之潮流，
奔向更美好明天。

境 界

——在劳动节写给老师的田园诗歌

神州丽江春来早，
芬芳梅香峭岭繁。
仙风甘雨山麓峰，
新月晨星江水湾。
晶莹白雪叠青山，
嫣然雾凇映蓝天。
清溪自古长流远，
桃李芬芳香满园。

月中桂树秋河远，
金银宫阙九重天。
嫦娥玉兔星宇外，
妙龄童心梦可圆。
桂芳校园书声琅，
天资智慧方程涵。
星河月船起跑线，
丹芯醇酿香月寰。

后 记

云南丽江张桂梅老师教书育人的感人事迹深深地感动着我。她那几十年春华秋实的过程，如同一曲芬芳的田园乐章，言传身教潜移默化地将自己的品德和知识传授给她的学生，使她们努力地成长为高尚的、有超常生存能力的人。她那早春白雪香梅的不畏峭冷，她那秋高皓月清辉的晶莹品质，照亮了她的学生和我的心灵。

有一座古老村庄

——怀念我可爱故乡

在共和国版图上，
有座座古老村庄。
傍海边依山桃林，
是祖辈居住故乡。
村庄有栋栋房屋，
遮挡住窗外风霜。
农家院炊烟袅袅，
粗茶饭飘逸清香。
村庄有条条土路，
连接起层阶深巷。
祖母唱悠悠歌谣，
乡音在心中回荡。
村庄有世代梦想，
启蒙于私塾学堂。
童音那稚嫩悦耳，
读出了心中向往。
村庄有夜晚烛光，
映慈母针密线长。

身穿着御寒棉袄，
春晖起童梦飞翔。
向前看越过海滩，
山连山青绿远方，
如祥龙银色高铁，
通达至北国南洋。
向前看越过海滩，
水连水浩瀚远方，
如巨鲸蓝色舰队，
迎早晨升起太阳。
向前看越过海滩，
水连天广袤远方，
如天马长征箭船，
飞银河升腾宇航。
不管目光有多远，
无论我们在何方，
大家有源泉力量，
读心中怀念诗行。

有一座美丽天桥

——莒国新貌之一

有一座美丽天桥，
连接宇宙之你我。
随日照双起长虹，
看古城风景胜多。
东风送来之和暖，
润大地富饶肥沃。
日新月异之今天，
精神生财富丰硕。
雪域吹来之清澄，
还蓝天净悠广廓。
天地间泉涌碧水，
心灵起天高海阔。
银海鸥振翅翩翩，
将自然美好浓缩。
用呢喃婉转语音，
向不同世界传播。

护城河绵延世世，
将古国风景临摹。
以博大流畅笔意，
让古代画卷复活。
寻古迹日月山上，
映东方文化炳烁。
赋诗吟碧溪辗转，
集韬略知遇报国。
聚春秋银杏树下，
读莒鲁会盟金诺。
居定林古刹校经，
圆梦想撰写佳作。
风景相逢在天桥，
挥生命旅程彩墨。
漫步星际之从容，
连接宇宙中你我。

鱼水春秋

鱼儿水中静静游，
水外山边几春秋。
一时树影又新绿，
一览春风摇细柳。
飞燕衔来朵朵云，
流河泛起叶叶舟。
送来甘霖及时雨，
润及壮禾遍神州。

水涨船高向通衢，
鱼跃河远万里舟。
忽闻仙乐水左右，
又歌远海起潮流。
海上皓月启星帘，
山影同曲比邻楼。
月邀渊中鲲之梦，
一日再起大鹏游。

雨月亮

天河一倾大雨滂，
水边宫阙雨月亮。
红袖飞云东霭荫，
清音鸣弦静虚雱。

黄钟大吕落玉盘，
激水洋溢汨罗江。
谁言屈赋时已过，
诗墨纵横不老荒。

旋律小调仙音婉，
瑞龙长啸澜水沧。
谁音典雅仙羽转，
君子芬芳梅兰香。

酷热之夏形憔悴，
天赐雨乐冷交响。
漫洒尘世仙遁逸，
不悲不俗月殿芳。

玉宇天宫新课堂

——中国空间站天宫课堂第二课学习有感

九天之上仙宫殿，
传授新课向校园。
地球家园童心睿，
想象萌发超宇寰。

飞天梦想起跑线，
宇宙速度冲云天。
如箭腾跃长征路，
动力峥嵘橘红焰。

亘古敦煌经典绘，
今朝盛世图腾绚。
梦想飞天谁人意，
心灵智慧九重远。

天地相连同心梦，
天宫课堂新实验。
溶液结晶如冰雪，
太空科技境如仙。

探索之旅新视野，
向心离心有聚散。
重力相对环境美，
万有引力不虚言。

液态水桥天河路，
一步之遥学万卷。
实验飞翔玉宇梦，
开启智慧春盎然。

思维飞向空间站，
多维景致信心满。
全新速度绕地行，
日明月亮地滢蓝。

圆梦九天之神舟

——赞航天英雄

飞向九天起神舟，
浩瀚太空星漫游。
满载华夏古梦想，
未知领域新探求。
曾书天问有疑虑，
邃古初始为何由？
九层玉宇星绵邈，
未形那时怎寻究？
银河星系有多远，
固定轨迹连万有。
星光闪耀有多亮，
辉映天地心畅悠。

敦煌飞天古壁画，
经典演绎绘恒久。
问天梦想飞亘古，
仙乐交响盛世游。
航天探索长路远，
红旗挥舞映神州。
浩正东风山河美，
大千世界起神舟。
长征火箭正奋起，
太空飞船环宇宙。
祥龙在天瞰广袤，
系列飞船竞神舟。

探索全新大旅程，
率领征帆梦圆酬。
感恩养育绕大地，
壮志高云写春秋。
繁星皓月在身侧，
四海五湖驻心头。
家园开阔境界高，
天河飞舟信心佑。
无垠星空广宇阔，
开篇英雄启合奏。
玉宇纵深天漫步，
九天驾驶飞神舟。

附注

1. 《楚辞・天问》：遂古之初，谁传道之？上下未形，何由考之？

2. 佛教经典中的故事，演绘成壁画，称为“经变画”，现存于敦煌石窟中有飞天壁画等。

源泉飞水向大江

——读《楚辞·九章·涉江》

江水转山崖影漾，
从古至今向远方。
几多船桨奋其力，
激流漩涡心涉江。
长铗剑气随身佩，
玉龙起澜济水沧。
古卷书香润心境，
仙骥大风昆仑冈。
山其峨也荫森峣，
方向未明觅高阳。
雪其纷也云浓霏，
启程举步九衢方。
船溯一路江渚望，
探水几度寒风霜。
山转一程崖岩遇，
伴松几岭大雨滂。
举步虽难心独善，
不言苦乐境雅量。
赋诗惟诚笔秉直，
不易气节目远方。
暮霭漾漾漫层岭，
天之一隅星之光。
晨曦冉冉起重波，
地之万水澜之江。
几源同向一江水，
一经清流正中央。

附注

《涉江》是屈原被流放南下时的作品，虽漂泊旅途历经坎坷，但诗人仍然心存高远，光明正大。

月皓如雪

昨夜天境清月皓，
静柔冉冉起东方。
依然辉映仙宫阙，
未曾忘记道路长。

也曾春秋映东海，
泉源岳脉古城墙。
儒雅典籍家国梦，
几世山海几沧桑。

也曾朔望校经楼，
宗经文笔国栋梁。
参天高树古卷帙，
几代辗转几梦想。

也曾萦绕古银杏，
根深枝蓊举世芳。
绿水青山祥龙蟠，
千年百世荫仙乡。

也曾清源长河映，
细流深澜大海沧。
如歌如画雅诗意，
九曲五彩松风尚。

也曾典雅高境界，
兰清梅红君子芳。
天香国色牡丹苑，
华贵雍容世无双。

悠悠天河溢柔辉，
如水深澜清月香。
幽幽诗意赋典雅，
如雪清白古城芳。

月亮，樱花树对你说

——农历三月樱园望月

樱树相逢望月亮，
一园园靓丽开花。
精灵细数朔和望，
一组组风景如画。

圆月东海之水上，
皎皎漫海角天涯。
港湾海潮之和声，
与晨星飞起朝霞。

新月秦岭之松间，
悠悠向林峰岩崖。
蓝田玉颜之诗行，
与古人唱和风雅。

冬月颖秀着寰宇，
北风起晶莹雪花，
塞北江南自天地，
清一色风景名画。

正月芬芳着梅兰，
馨香久枝叶优雅。
君子风采自经典，
至今已书香文化。

今夜樱园上月亮，
映芬芳多少年华。
今夕樱花树精灵，
朔连望多少月华。

月亮梦

深蓝天白云月亮，
从何来又向何方。
天河海星辰朔望，
西湖水东瀛月光。
银白色朦胧皓月，
谁使其清柔无双。
四季绿如画风景，
心泉涌诗意叹赏。

画中之流动太液，
月亮河银波摇漾。
潺潺之碧水舒袖，
环绕着嫦娥梦乡。
城中之精灵玉兔，
月亮山果园飘香。
萌萌之童话世界，
深荫着月船画廊。

月中之瀛海宫阙，
水晶般满目琳琅。
幽幽之滢紫水面，
旋转着粉荷绿裳。
梦中之仙源桂树，
金银枝满园芬芳。
蓝蓝之曲径深巷，
珍藏着桂酒醇香。

是几多年前月亮，
四时篇诗意交响。
有几多心灵向往，
万泉桥清影徜徉。
水连天仙楼玉阁，
山映海松风月港。
忽梦一程程白帆，
飞向天上之月亮。

长风与白云相约

长风与白云相约，
描绘起大地蓝天。
迎着太阳之旋转，
地球村美丽家园。
有喜马拉雅之伟，
俯瞰着世事经年。
有浩瀚大海之深，
蕴藏着河流泉源。
有神州大地之远，
育生命相续久传。
有清净心灵之恒，
生意境月亮水绵。
赤橙黄绿青蓝紫，
将时间雕琢画卷。
春夏秋冬亿万年，
无论是雨雪霜寒。

不曾春华之料峭，
何来君子花早妍。
不曾勤奋之耕耘，
何来金果实满园。
大千世界之广阔，
看星宇浩瀚漫天。
七彩宇宙之通达，
映阳光照耀宇寰。
日复一日之旋转，
一代代阔步向前。
年复一年之积累，
一章章远景新篇。
睿智启地球家园，
心灵乘宇宙飞船。
长风舒卷着白云，
银河系天地之间。

长征壮举载史芳

——庆祝中国共产党建党一百周年

一

长征壮举载史芳，
统帅挥师用兵长。
战略转移集智慧，
信仰固守向前方。

二

突破乌江封锁线，
先遣部队与时抢。
悬崖峭壑激流湍，
抢渡无阻士气昂。

三

娄山战地霜晨飞，
分水雄关气豪壮。
大军直上飞云远，
遵义城上东方亮。

四

四渡赤水运动战，
红色电波济水长。
迂回辗转势神奇，
智勇战略联万方。

五

金沙水湍悬崖峭，
竹排深峡飞云苍。
日夜兼程西东转，
突围南北巧渡江。

六

飞夺泸定铁索寒，
英武勇士豪情壮。
大渡天险越防线，
兵贵神速映典章。

七

翻越雪山夹金顶，
人迹罕至风雪茫。
穿越森崖原始路，
两军会师气宇昂。

八

泥泞无涯过草地，
饥寒交迫冷水滂。
官兵同心红旗展，
战胜困苦凭信仰。

九

长征胜利大会师，
三军智勇飞名扬。
行程万里红军路，
谁人能比世无双。

这是我美丽家乡

——怀念诗歌

这是我美丽家乡，
看胶东半岛海阳。
有水天相连之蓝，
将目光带向远方。
有峦野起伏之绿，
使大地广袤郁苍。
有沙滩开阔之黄，
听浪花弹拨清唱。
有晨霞灿烂之红，
扬渔港白帆出航。
向大海远方行进，
搏击过多少风浪。
向大地深处播种，
收获过多少希望。
向浩瀚水面观潮，
聆听多少次交响。

向深蓝天空仰望，
闪烁多少系星光。
在天河伸展方向，
有童年起航梦想。
在战争风云年代，
有抗战胜利篇章。
前辈之流血牺牲，
迎来和平鸽飞翔。
前人之劳动汗水，
换来绿土地花香。
向长长海边遥看，
小龙女聪灵徜徉。
向蓝蓝天空遥望，
金凤凰飘逸回翔。
在家乡赋诗怀念，
愿亲情地久天长。

附注

海阳是抗战时期地雷战的战场。故事影片《地雷战》就是以海阳抗战时期英雄人物和抗战故事为原型拍摄的。

致敬！向攀上珠峰的英雄

一座极限之山峰，
有世界屋脊美名。
一片洁白之雪域，
有神秘寂静之梦。
天蕴藏仙山圣境，
向未悟启发憧憬。
风飞起民族仰望，
向未知开启新征。
珠峰陡峭之雪岭，
记录您数载攀登。
飞雪呼啸之寒风，
化为您浩气鹏程。
愈高愈缺之氧气，
未使您信念变更。
越高越美之风景，
更使您士气倍增。
遥望向群山峻岭，
映天地苍生永恒。
呼应转峰壑回声，
撼心灵今世再逢。
神圣之珠穆朗玛，
五星红旗映顶峰。
壮丽之喜马拉雅，
英雄伟业日月升。
多少个甲子记载，
五千年奋起旅程。
多少篇诗意赞颂，
精气神勇者先锋。

附注

1. 2020 年 5 月 27 日，2020 珠峰高程测量登山队成功登顶世界第一高峰珠穆朗玛峰。

2. 1960 年 5 月 25 日，中国登山队成功登上珠穆朗玛峰。

智慧长溪

刘勰《文心雕龙》：生也有涯，无涯惟智。

——题记

秉笔承刘勰古意，
蓦然时心境不迷。
那有涯时空相遇，
那无涯智慧长溪。
再回眸宗经初心，
继传馨语言德艺。
纵向览文明历程，
恒有缘时代吉期。

一滴水沧海一隅，
亦辉映七彩虹霓。
万山松风景万象，
更彰显五岳神奇。
人攀登崎岖峰岭，
心邂逅浩然诗意。
同仙境信息科技，
同时代盛世和曦。

中轴线晶莹雪花

——观看北京冬奥会开幕式直播有感

冬奥雪花中轴线，
神奇晶莹春雪漫。
五洲四海立春早，
古诗意境飞燕山。
奥林匹亚橄榄绿，
和平火种盛世传。
天将上善植大地，
源远流长旺苗园。
生生不息万泉水，
五彩巨澜连五环。
赫拉神圣太阳火，
日月星辰银河天。

北京冬奥五洲雪，
冰晶凝朵丽橄榄。
参赛健儿冰雪梦，
风生水起四海澜。
冬奥会徽聚彩绘，
冰雕立方激光镌。
玉宇古道传火炬，
同向赛场同梦圆。
民族风采凝聚起，
橄榄枝连雪花繁。
宇宙大爱东方韵，
诗词歌赋冰雪缘。

冬奥号角春风翼，
双奥古城境高远。
天涯海角同心德，
冰河雪峰诵格言。
连山飞雪高峰岭，
越野驰冰大雪原。
雪浪起伏雪河漾，
冰河宛转冰花璨。
银龙图腾古画览，
雪凤飞花天地盘。
万邦同圆奥运梦，
万境同心中轴线。

自胜者，精神升华

——观看北京冬奥会记忆

那一城天使雪花，
晶莹向海角天涯。
那一支温暖火炬，
众心灵美丽升华。

雪花舞优美旋律，
留声机古香典雅。
赛场存精彩记忆，
回音撼时间巨厦。

多少次训练拼搏，
竞寒冬风景如画。
多少幕赛事友谊，
暖心灵东风朝霞。

古纪年天干地支，
辉映梦世代年华。
新纪元电子计时，
超越者自我奋发。

同一色晶莹白雪，
同赛场奥运风雅。
同四时季节胜境，
同星河天地大家。

五彩环联结梦想，
奥运会精神腾达。
三原色组合玉宇，
自然心智慧萌发。

自胜者超越极限，
鼓舞心前程远大。
白雪花天然靓丽，
高境界双奥中华。

自　信

——贺北京冬奥会中国队首金

经百炼成就自信，
接力赛同心梦圆。
宣誓言坚定铿锵，
天助心奥运如愿。

一路上龙凤飞翼，
速滑场穿越烽烟。
大智慧传奇战术，
精格言超越极限。

一声令凝聚力量，
圣火燃信心飞焰。
金组合精英团队，
领先如仙弓神箭。

颁奖台国旗国歌，
体坛梦群星璀璨。
回望那程程赛场，
自信扬奥运风帆。

附注

2022年2月5日晚，北京冬奥会短道速滑接力开赛，中国队范可新、曲春雨、任子威和武大靖的最强阵容出战决赛，为北京冬奥会参赛的中国队获得第一枚金牌。

短道速滑接力速度飞快，因赛场面积的限制，有时候会出现交叉穿越状态，所以临场战术十分关键，只有机智灵活才能在复杂的接力赛事中获取全胜，队员的超水平发挥和团队的合作精神密切相关。

凤　凰

——贺梦天实验舱胜利启航

梦天实验舱启航，
九重宇寰金凤凰。
万云环绕阔羽翼，
七彩闪亮仙霓裳。
点燃橘红大火箭，
辉映绿蓝深海洋。
眼神炯炯灵飞逸，
长征浩浩心翱翔。

回望启程绕大地，
憧憬未知向前方。
天宫仙阙迎繁星，
银河碧水架桥梁。
昔时苍茫渡迷津，
如今殿宇映辉煌。
英雄程程昊星海，
建起栋栋高殿堂。

神州十月颂

金秋十月北京城，
群英盛会神州风。
蓝天红旗长河水，
亘古长卷盛世逢。
金水护城中轴线，
天安门前朝阳升。
永定信心传华夏，
玉泉起智高山蓊。
昆仑飞雪泽龙脉，
蓬莱瀛海起鲲鹏。
本源浩瀚连万水，
长城万里映群峰。
北疆沃土大林海，
南岭春风新长征。
珠穆朗玛寰宇瞰，
东海扬波云水峥。
蛟龙探海大洋深，
龙脑睿智心乘胜。
神舟问天九寰高，
星海浩瀚日月恒。
高铁九衢八方路，
南洋北国连纵横。
京杭大运通远河，
风雅颂赋满古城。
十月神州庆丰收，
心潮澎湃诗意诚。
传统新风渲青绿，
国家智慧古京城。

不冻港湾竞潮时

——写在冬至

北风凛冽寒冬至，
峡谷高山劲松枝。
飞来峭崖积瑞雪，
呼啸海潮载远识。
温柔雪花雅诗意，
清白月色高韵致。
数九不冷月宫阙，
阅世不迷天神思。

金云冉冉海深远，
红日暖暖山赤紫。
五岳松涛交响曲，
四海云霓鲲鹏翅。
瞰水飞虹东海诵，
连峰起壑中原驰。
岁暮近春天亦暖，
不冻港湾竞潮时。

第二辑

七言排律

八达岭长城感怀

八达岭上古长城，纵目崇山向远峰。
万里轩昂高玉宇，千山雄伟远鹏程。
叠峰闻鼓天辽阔，墩堡迎风路纵横。
烽火依稀山脉起，旌旗浩邈古国征。
横戈将士守边境，跃马群山驰岭风。
松海银龙今胜道，云虹玉壑古衢盟。
昔时百战天神佑，盛世共赢海宇腾。
捍卫和平天地久，神州胜境览奇峰。

大河如画九曲蓝

——沭水赞歌

沭河如画九曲蓝，美景绵延山水天。
静静西堤春雪暖，遥遥碧水影波连。
蓝蓝河面红鱼跃，漾漾涟漪水鸟盘。
树树梅红细柳影，行行白鹭大河边。
芙蓉出水池池碧，硕果盈枝岭岭繁。
曲径浓香松月满，长河净练水天蓝。
水流缓缓日轮转，山宇悠悠月色含。
笔下逢源深画境，篇中叹月古诗缘。
廊桥长水四时韵，仙乐清音五彩源。
曲曲幽柔新月苑，楼楼栉比绿荷湾。
星辰日月画幅近，春夏秋冬墨笔前。
一赋古国新气象，九曲沭水若江南。

东岳泰山天地连

——泰山游记

东方岱岳长风漫，天外村边峻岭前。
封禅浮雕诠盛典，红门圣地映东寰。
峨峨山脉重峦起，奕奕柏松叠嶂蟠。
云步桥前瀑涌壑，望人松上树攀岩。
林森溪谷山环路，涧水湍声泉溯源。
石峪经书成智慧，龙潭瀑布现奇观。
玉皇观日升恒宇，盘古开天起泰山。
万里神州传世代，九天灵境应凡仙。
黄河之水来霄汉，盘路之风绕宇寰。
直上南天仙坊荫，再游岱顶龙门轩。
依山纵览峰连岳，探海欣闻风满帆。
眺望春秋齐鲁境，遥观崖壁古诗言。
神奇造化钟天地，绵亘岱宗连众山。
东岳峥嵘群岭秀，碧霞辉映信心安。
大河入海循山外，崇岳摩天通史前。
诗赋连篇风雅颂，神奇岱岳地天连。

附注

1. 泰山南麓东面是红门，红门宫殿集中了古代儒、释、道传统文化。是东路登山之始。

2. 泰山南麓西面是天外村“天圆地方”广场，其名取“天人合一”之意。广场有龙柱和石廊浮雕，记载了古代封禅文化之盛况。是西路登山之始。

3. 东西两路经中天门会合后，然后经十八盘到南天门至玉皇顶。

4. 封禅：古代帝王祭祀天地的典礼，祭天称为“封”，祭地称为“禅”。

奋起锋棱化骏岩

——马髻山感怀

马髻奕奕鲁东南，奋起锋棱化骏岩。
侧耳长风昔战事，回眸大海古硝烟。
天湖浩浩飞云岭，泉水淙淙绕树岩。
古寨抗敌旗鼓振，巾帼英烈史诗传。
曾经沧海时回转，连续青山境复还。
峭壑深深峦叠嶂，碧溪婉婉乐飞弦。
秋风阵阵仙音转，春水潺潺虹彩连。
峡谷幽幽藤漫绿，飞瀑漾漾水滢蓝。
粼粼溪水百芳涧，郁郁雪松万世山。
山麓村村红瓦地，髻峰树树碧云天。
梯田迭起岑峦秀，云海起伏山脉绵。
鸣啸向天多古意，神奇风景化诗缘。

附注

马髻山是神奇的山，是英雄的山。

南宋时期，抗金英雄杨妙真在此山扎寨，率十万精兵奏出一曲巾帼不让须眉的英雄乐章。

此山有古老传说，当年岳飞被奸臣所害就义后，白龙马载岳飞忠魂于马髻山上。

福来日月山水缘

——浮来山游记

古国日月天悠远，史载春秋山水缘。
山麓径幽云秀柏，柳青水碧岫苍岩。
曦霞普照登山上，诗话流连绘壁前。
仙鹤今朝飞大海，神峰昔日定高山。
三峰环抱穿林望，一木参天历载观。
莒鲁会盟逢大树，文心征圣述恒言。
经楼辗转读经典，圣殿虔诚拜圣贤。
紫气东来福地瑞，佛山北峙净心禅。
摩崖篆刻象山树，传世文章慧地篇。
惟智雕龙蟠巨顶，定林横匾瞰层峦。
秦松汉柏曾林立，银杏新枝又树繁。
山峪石秀峡水碧，文心亭隽笔神丹。
仙书文采灵泉涌，泉畔长风峻岭攀。
奇胜通衢安步迈，逶迤山脉彩虹牵。
看今鼎立山峰峙，探古品读境界连。
感叹沧桑心雅正，浮来佳境映蓝天。

红石峡感怀

——云台山游记

红石峡谷云飞转，沧海桑田多少年？
曾涌迅风潮水漫，又隆峭壁赤岩磐。
崖峦叠嶂层层固，云雾凌峡水水湍。
栈道弯弯新月皓，瀑帘湛湛水声蓝。
群峰云影天河映，一线天桥星际连。
心挽岚风灵起秀，耳闻泉水雨临轩。
九龙溪水粼粼动，亿载风光静静诠。
幽谷大山积雪化，红石碧水载春还。
溪流桥渡宫廷外，鏊绕峰盘山水缘。
魏晋七贤山水转，竹林一笔世心潜。
书香古道春风雪，禅意清缘松柏山。
纵向幽峡深胜境，云台仙境又春天。

附注

魏晋时期，有七位贤士在云台山隐居，将中国山水园林文化从宫廷引向民间，史称“竹林七贤”。

九仙山龙潭峡感怀

九仙帝子阅虚寰，化作龙霖泉水蟠。
一跃飞鳞出涧壑，百发蓄势荫渊源。
龙潜仙峪九曲境，风起重山七岭岩。
五谷三生心有信，四时万顷福临田。
春绵细雨禾苗旺，夏盛青松岳宇繁。
秋岭果园香溢本，冬云松海雪飞原。
几曾入海龙宫阙，几又溯源仙圣山。
几遇沧桑星斗转，几连朔望海山涵。
盘山古道几多远，涉水横流几许宽。
十五几秋圆月满，七夕几载鹊桥连。
悠悠峡谷悉深荫，静静石崖瞰碧潭。
无始无终长画卷，心恒天地九重寰。

灵气沂山诗如画

——沂蒙印象之沂山

溯源沭水诗如画，登上沂山遍地花。
春蕊盈香云漫岭，秋澜问水崮飞霞。
林风山色湖心远，海岳龙潭景致佳。
万木繁枝古庙宇，群松众崮净天涯。
依云栈道九盘转，叠岫峦风百丈崖。
素练泠泠淙峭壁，澄流漫漫浣滢纱。
灵仙秀女晴岚返，神韵荷风诗意发。
初夏馨香涵韵雅，四时山岳酿诗华。
泰沂古脉山路远，望海长城年代遐。
御祀殿堂香火旺，古国树荫水源嘉。
玉皇山顶天宏廓，靖宇仙石海瀚达。
灵气沂山源沭水，大河福瑞万千家。

附注

1. 沂山古称海岳，是东海向内陆的第一座高山，海拔 1032 米。春夏之交的沂山，天蓝水碧，古树繁枝，槐香遍山。沭河自沂山发源，流经古齐国、古莒国、古郯国后归入大海，养育了我们几千年。

2. 在沂山景区有齐长城观望台。

3. 沂山百丈崖瀑布在春季水势柔和，远远看去，自天而来的素练滢滢，若仙女浣纱。

4. 古代，有十六位帝王登封于此山，山上有清代康熙皇帝御笔“灵气所钟”。

蓬莱海上觅仙山

——蓬莱海游记

蓬莱海上觅仙山，风满帆飞潮涌连。
绕水北溟鲲瞰海，萦峰东月海连天。
晨星晓雾松云柏，岫壁仙阁嶂荫岩。
画栋霓虹仙海市，廊檐澜海蜃楼山。
登阁极目寻佳境，踏浪观潮起碧澜。
列岛遥遥镶瀚海，群仙渺渺隐沧烟。
朝阳出海水天焕，暮霭临山星月还。
碧海茫茫仙迹邈，蓬莱宫阙在人间。

七彩香山

——北京静宜园游记

深秋七彩在香山，浓绿嫣红天地间。
丛树重重云蓊岭，红枫艳艳水蓝天。
修竹掩映石泉净，喜鹊盘桓树荫繁。
白鹤长鸣仙彩舞，清音婉转蕙风还。
晨曦玉岫飞霞蔚，晓月长溪流水涓。
柏盛花红连碧水，峰高嶂隽立崇岩。
山深松劲听雨雪，月皓园清映暑寒。
红岭秋霜天上月，香炉冬雪月中禅。
颐和园上佛香远，万寿山前湖水蓝。
东望玉泉高塔峙，西聆永定碧河湍。
云梯曼绕树中树，香雾萦回山外山。
一览霜红山水画，秋游七彩静宜园。

山海之韵

——水运会之怀念

起航大海渡风帆，日照金秋海涌蓝。
港阔林森听海诵，天高水渺遇龙攀。
海边盛会舟船济，水上渔歌鼓乐喧。
旷宇彩虹出大海，丰年沃土映蓝天。
福田金谷心遂愿，仙界香茗树满园。
浩瀚海天星月照，缤纷秋色海山涵。
征程号角穿云霭，赛场健儿梦桂冠。
奋桨先锋冲浪遏，顺风序列起云攒。
前方赛事风云涌，梯队飞船士气连。
绵邈水光逐海影，矫捷赛艇竞涛湾。
漩中帆板激流转，水上芭蕾劲舞旋。
划水凌波腾险壑，扬帆击水越急湍。
飞驰快艇连顷浪，竞速轻舟汇巨澜。
参赛行程星璀璨，遨游瀚海势宏宽。
成功彼岸金光闪，努力征途五彩妍。
水运之都观盛会，诗风海韵景超然。

附注

2010年8月28日至9月8日，第二届中国水上运动会在日照奥林匹克水上公园举行。

山缘五莲

——五莲山游记

初冬远望五莲山，奇秀依然天地间。
纵目九仙霜未冷，及云五岭景非凡。
寥天阁上暖阳照，望海峰前碧水连。
仙女采桑织霓彩，天竺叠嶂入云岚。
晨钟暮鼓惜时转，古道今朝佑宇连。
经典入心生智慧，佛门修度起慈缘。
基石雄伟隆佛殿，广宇辉煌映圣山。
五朵莲峰观古寺，七言仙韵涌佛园。
东坡翰墨题山水，居士情怀尚自然。
古迹云石镌雅意，山缘笔意印苍岩。
心识风景人行远，月映星辰海涌蓝。
人世须臾恒宇久，神奇毓秀九重天。

附注

1. 五莲山和九仙山位于山东日照五莲县境，两山东西相峙，以独特的中生代（前1.2亿年）花岗岩峰林地貌闻名齐鲁。

2. 五莲大佛依五莲山大悲峰雕刻而成，大佛前为佛园。

3. 五莲峰是五莲山的主峰，远望如荷莲初绽。

4. 望海峰和天竺峰东西相望，位于光明寺东南和西南方向。

5. 宋代文学家苏轼在熙宁七年至熙宁九年（1074—1076）于密州（现五莲山北诸城）任职时，多次登游五莲山和九仙山，留有“奇秀不减雁荡”之赞誉。

6. 明代万历三十年至万历三十五年（1602—1607），明神宗赐金建光明寺于五莲山，后经多次复修扩建形成宏伟的庙宇建筑群。是山东四大禅院之一。

诗情画意美桂林

——桂林游记

初夏桂林景若仙，天然美在大江边。
峰中曲径盘浓荫，水上楼船览秀山。
舸转画廊云漫漫，溪流瀑布涧湍湍。
水晶宫殿深溶洞，风影竹林俏岭南。
九马近山神笔绘，七星映水斗桥连。
象山水月和诗韵，宋代城楼叠彩峦。
临水石山拔地起，湖心画舫顺风还。
荷轩听雨泽丹桂，月塔观澜润广寒。
世外桃源心净土，蝴蝶泉水旺榕杉。
桂山大树集灵气，漓水知音共济船。
独秀山峰王府地，古时贡院聚龙潭。
回眸科举龙门路，感慨真宗劝学篇。
风雨史程心若镜，今昔梦笔势如澜。
遇龙河面奇峰影，溯古桥边白玉栏。
日月何来星宇转，江山互应史诗涵。
亦晴亦雨如诗画，山水桂林大自然。

附注

1. 九马画山：在桂林漓江阳朔境内，近江石壁上，有天然画面宛如神骏。

2. 七星映水：在桂林榕杉湖景区，有一曲桥，桥体走向按北斗七星分布。

3. 象山水月：在桂林象鼻山景区，山石叠影水面，有古诗描述为象山水月。

4. 宋代城楼：在桂林木龙湖景区，园景如《清明上河图》中宋代卞河边古景再现。

5. 独秀峰：独秀峰位于桂林城中心，是桂林的主山。唐初，始在独秀峰前建城，桂林城由此发端。在独秀峰下，唐宋时期建有学宫文庙，明代设有靖江王府，清代成为广西贡院，民国时期孙中山北伐时曾驻于此，现为广西师范大学校园。

6. 日月塔：又称金银塔，在桂林榕杉湖景区。双塔集天地之灵气，日月之精华。

7. 靖江王府：明代洪武三年（1370），朱元璋分封第一批藩王，其侄孙被封于南岭要塞，称为靖江王。靖江王府设于独秀峰下。

8. 广西贡院：清顺治十四年（1657），清政府在靖江王府旧地设立贡院，是古代科举考试的机构。广西清代科举成绩在全国排第五。

始信黄山神韵奇

——黄山游记

登临始信黄山美，峰顶麓边神韵奇。
崇岭飞泉七彩水，层峦叠嶂万岩蹊。
虬蟠石径松风满，浩瀚朝霞寰海怡。
峰上莲花迎日月，云端笔架汇虹霓。
抚琴流水鸣弦起，梦笔生花如意题。
遥映诗仙湖月照，同游天际斗星移。
云梯百转信心久，松韵万和远树齐。
迎客松风融画意，天都仙韵映山熹。
玉屏诗意岚崖刻，仙岛桃源鸾鹤集。
天赐碧桃香蓊郁，石叠深岫梦依稀。
嶂边绿树白云渡，世上桑田沧海移。
西海群峰深浩邈，悬崖峭壑邃逶迤。
溯源黄帝修身处，极目丹崖化羽曦。
画笔临山摹古意，诗思若水涌泉漪。
峰高如泰千岩树，瀑瀹凝蓝百水溪。
万岭松涛云海竞，蓝天碧水景和熙。

附注

1. 始信峰在黄山东部，海拔 1668 米，古人游览至此始信黄山美景，故名。历史上文人雅士登峰游览风景，在此饮酒抚琴，故此峰亦称琴台。

2. 天都峰在黄山东南部，莲花峰在黄山中部，笔架峰、妙笔生花峰在黄山东北部。

3. 迎客松、送客松和蓬莱仙岛在玉屏峰。

4. 仙桃峰在黄山西部飞来峰上。

5. 黄山云海分别为东、西、南、北、天海。

6. 上古黄山称为黟山，因相传中华民族的始祖轩辕黄帝在黄山修身炼丹，故唐天宝六载（747）改为黄山。

腾飞高铁领先行

腾飞高铁领先行，崛起神州一路风。
规划雄心书史册，创新高铁惠民生。
祥龙飞翼青云梦，远道驰轮盛世征。
睿智思维赢速度，和谐晨曲载心声。
科研团队集聪慧，奉献凯歌聚挚诚。
正气长虹新画境，豪情彩练大鹏程。
高桥飞架驰苍野，长隧通连向远峰。
展望未来天地阔，放飞憧憬信心恒。
时空巨笔长风景，经济蓝图众志城。
高速列车载奇迹，颂歌一曲赞先锋。

天宫圆梦九重天

——贺天宫空间站天和核心舱胜利启航

常言天有九重远，浩瀚天河龙凤蟠。
道固天庭擎玉宇，德高星海列群仙。
古篇韵律言说撰，后代诗词唱和联。
豪放文言诚意续，婉约阕咏雅音涵。
宋词把酒仙风去，明月赋诗星影还。
楼栋廊檐高写意，檩梁椽彩旷凭轩。
篇幅神韵连宫阙，宝殿玉楼转月仙。
忽问何年逢古迹，忽来此境赋名篇。
大千天海连星宇，盛世工程起昊天。
火箭九重天熠灿，银河万顷海深蓝。
天宫诗意心圆梦，星路征程天问篇。
智慧研发乘胜境，鲲鹏飞跃上重寰。
天和宫殿核心起，义聚船舱广宇连。
起慧青云星际梦，乘风瀛海宇宸篇。
神舟运载基石固，仙箭翱翔正气传。
万里征程连阔步，天宫伟业势超前。

西山一梦遇桃源

西山一梦遇桃源，水碧天蓝若古篇。
郁郁诗行缘水迴，悠悠仙境送冬寒。
桃花秀水轻舟渡，曲径通幽红树连。
树树迎风沿水路，波波叠影溯桃源。
沿溪曾记山村远，问路又闻泉水涓。
泉涌水流成树荫，花香垂荫漫田园。
朝阳迎奏晨耕曲，暮霭弹拨流水弦。
水上泛舟萦彩笔，天边起月照崇岩。
大山深处村村树，山外城边水水湾。
草木葱茏适冷暖，民心淳朴同苦甘。
柳杨摇曳林葱郁，楼宇俨然路广宽。
漫步桃源寻古迹，和衷诗意赋新篇。
书中仙境今何在，世外桃源山水涵。
曾看名篇合卷叹，焉寻山口辨仙源。
山重水远学为路，访古溯源书若船。
仙遇桃源非缥缈，名篇佳境驻心间。

附注

当代国内著名旅游风景区，很多地方根据陶渊明《桃花源记》创意，建立了桃花源景区。漫步仙境，心生灵感。在超越时空的感受中，由衷地赞叹古人对美好生活的憧憬以及诗情画意的创作。

沂蒙意境起天蒙

——天蒙山游记

沂蒙山脉起天蒙，景色如歌山水恒。
广袤群峰山外远，逶迤秀水雨中清。
悬崖栈道幽幽峭，雨境山林郁郁青。
巨柏奇松峦嶂茂，蓝天瀑布涧湖滢。
高楼观海白云渡，旷壑飞桥紫气腾。
云步天桥五彩路，玉皇宫殿九重峰。
圣贤论道乐山水，日月升华满古城。
步韵题诗和挚友，高山流水会心声。
一弦琴曲遇知己，百世雨松尚雅风。
绿水青山旋律美，蒙山仙乐玉音澄。
民歌胜景自然久，齐鲁风光天赐成。
天地人和高境界，沂蒙意境聚天蒙。

附注

1. 山东民歌《沂蒙山小调》诞生于天蒙山白石屋村，1953 年山东军区政治部文工团根据 1940 年驻沂蒙山区抗大文工团歌曲改编。

2. 春秋时期，孔子登蒙山请教古代著名思想家道学派创始人之一老莱子，老孔论道对儒家思想形成有一定的影响。

3. 公元 745 年，李白和杜甫曾同游天蒙山寻访故人，沿途赞叹美景创作诗歌。在此李白留下“兰陵美酒郁金香，玉碗盛来琥珀光”之佳句。

4. 天蒙山建有世界第一人行悬索桥，北起观海楼峰，南至玉皇宫峰，桥长505.5米，桥高143米，走在桥上可遍览广袤风景。

5. 天蒙山建有江北第一悬崖栈道，全长12公里，连接30多个景点。

瀛海仙风

——陶然亭公园感怀

水波漾漾一仙境，万顷滢滢浩意澄。
自古昆仑连海梦，由来瀛水觅仙风。
北溟鲲翅飞寰起，南海鹏翮绕宇腾。
天地九重神会意，真如万世圣传经。
先秦向海飞船济，奇略临风越海升。
海市氤氲星颢邈，蜃楼滃郁雾空蒙。
后朝之旅扬帆渡，汉武寻仙执意征。
几载冬春清瑞雪，几番风雨彩虹峰。
湖心静也蓬莱屿，水面陶然瀛海城。
古迹仙亭鸾凤舞，贤能诗意玉音逢。
桃源一笔仙凡诵，天问一程日月升。
谁使源流奔大海，谁来神笔绘长风。
依仁游艺百花丽，上善流芳万水澄。
心定须弥仙境阔，诗缘经典紫辰恒。
金云仙月朦胧意，天际神舟浩瀚程。
唯有今朝星海梦，问天劲旅遇仙风。

第三辑

七言绝句

繁花新叶玉枝盈（三首）

樱花

惜春雅意荫花容，馥郁积香瑞霭浓。
疑是游园仙子梦，悄然彩袖树葱葱。

樱树

蓝天新雨百花皎，不朝不暮自春娇。
朔望仙风溪水绕，花开花落静悄悄。

樱园

春来春去静心清，最美花香入画屏。
忽遇潺湲天雨滃，繁花新叶玉枝盈。

古香月色仙牡丹（三首）

古牡丹

长安宫苑古香花，辗转东方山水嘉。
华贵雍容神韵雅，天香国色紫云霞。

仙牡丹

仙源香霭季春风，花影溪流春雨声。
月下琴弦清乐舞，松间仙子聚馨逢。

月牡丹

柔婉清辉芳影动，皎然仙境广寒宫。
含香万顷朦胧月，静雅满园七彩融。

附注

据传，唐朝牡丹本在长安宫苑，因为没有按照武则天的旨意与其他花卉一同开放，所以被贬东方，从此洛阳牡丹香满天下。

梅园兰畹雪柳河（三首）

春雪梅

白雪探春曲径长，冰晶玉朵丽枝芳。
飞花庭苑梅香遇，忽忆昔时搁笔章。

附注

此和诗为“依韵”，即依照南宋诗人卢梅坡《雪梅》诗歌原韵，但不用原诗的韵字。

七彩春风

七彩春风入画来，百花仙子秀奇才。
梅园兰畹清一色，杏粉桃红次第开。

清河细柳

春风细柳舞婀娜，潋滟清河绿荫波。
九曲仙音萦瑞雪，万方玉树影婆娑。

神岳仙山智慧峰（三首）

神岳

高峰泰岳屹东方，瞰海连天百世芳。
齐鲁长风青未了，秦皇汉武御龙翔。

附注

先秦帝王自黄帝、虞舜、成王、康王，到后来秦始皇至清代，先后有历代帝王亲登泰山封禅或祭祀。

《史记·封禅书》讲述封禅之理，《文心雕龙·封禅第二十一》详细论述了古代帝王封禅文化。

仙山

天都松海群仙聚，黄帝神灵起圣衢。
梦笔生花峰始信，玉屏翰墨韵深逾。

附注

1. 黄山天都峰，意为天上都会。

2. 古籍言，轩辕黄帝在黄山修身，故名黄山。

3. 始信峰在黄山东部，文人雅士游览至此，感叹黄山最美，在此赋诗抚琴。

4. 黄山玉屏峰有历代名人翰墨镌刻。

智慧峰

智慧奇峰一路峭，仙泉知晓乐音峣。
曲高意昊今昔梦，圣意恒心彩玉雕。

附注

峨眉山，最高峰万佛顶海拔 3099 米，是我国长江流域的佛教名山，儒释道三教文化遗韵深雅，被认为是世界上最神奇的地方。

桃源杏林春自来（三首）

桃花雪

水边柳翠杏花白，山麓桃红又盛开。
叶未花香白雪瑞，湖心瀛屿若仙来。

雨杏

一枝雨杏送春来，一水春风柳韵裁。
碧水一方天雅乐，瑶池一境宇清皑。

春自来

东晋桃源香世外，南山诗意净尘埃。
四时风景天如意，雪瑞雨清春自来。

天时玉宇万方春（三首）

立春

春来六九仙桥柳，送暖东风四季深。
梅朵一枝寒岭秀，天时玉宇万方春。

雨水

诗循青绿画中游，细雨春风水上舟。
北向雁行云上竞，东来春满大江流。

惊蛰

启蛰春峭甘霖雨，二月龙飞天上衢。
一览昆仑流域荫，万象春风河水渠。

天亦有情天亦美（三首）

春分

天赐春风年复年，桃源不老古源泉。
远山近水仙宫苑，香溢花繁日月天。

清明

清明天壤雨潇潇，碧水银河思念遥。
诗意仙槎醇玉露，盈觞雅韵漫星桥。

谷雨

谷田逢雨水逶迤，山影潺湲绿柳堤。
不觉春来时荏苒，丹容雨粟季春曦。

附注

春夏秋冬四季，农历每季三个月中的第三个月称为“季”。

雪舞霓裳玉笛飞（三首）

古玉兰

一枝一朵也蛾眉，雪舞霓裳玉笛飞。
古曲仙音春雨水，天缘雅乐瑞香随。

附注

1. “笛”在古典诗词中为“入声字”，音律为“仄”。

2. 杭州万松岭旁有一所“可园”，园内广植玉兰。西湖上天竺庭院内尚保存一株500年以上的古玉兰。

冰海棠

夜深星熠月朦胧，绕树寒芳清霭浓。
玉烛怜香枝袅袅，天心雅意暖融融。

附注

本诗和苏轼《海棠》诗意。

松与兰

雪与松风玉与兰，天将诗意起文澜。
冬涵胜韵苍生念，春荫芳琛水有源。

附注

古籍记载，自唐宋以来古典园林中，宫阙之堂前楼外，春天之雨飞雪舞，玉兰花晶莹清丽之雅容与松柏青翠挺拔之高大，形成一道靓丽的奇观。

一曲梨园香（三首）

梨花影

清明雨水梨花影，乐府曾歌长恨情。
粉黛清池丝竹缓，缠绵悱恻雨霖铃。

梨花雨

昔时一曲梨花境，池苑一春太液清。
谁使玉容滴雨泪，何来无奈化柔情。

梨园香

质本清莹香满园，连宫玉阙境如仙。
回眸銮殿未央曲，宛转长歌雅乐弦。

附注

1. 《雨霖铃》为唐玄宗安史之乱入蜀后，悼念杨贵妃所作的辞章，后人沿用为“词牌”（词作所依据的乐谱）。

2. “竹”为仄音。

3. 此诗意唱和白居易新乐府诗《长恨歌》。

春雨春雪白玉兰（三首）

白玉兰

一枝兰朵峭春寒，疏影清香冷玉颜。
高树荫花谁笔墨，精雕细琢韵嫣然。

附注

精雕细琢的“琢”，在古典诗词中是入声字，音律为“仄”。

雨玉兰

玉白水润雨中兰，伴雪朔风冬晓涵。
皓月春朝文采绚，如云若雪瑞婵娟。

雪玉兰

春风雪境兰芳影，料峭飞花白雪滢。
韵雅香醇寒写意，银枝仙树玉容清。

第四辑

七言律诗

北斗高照

——贺北斗导航星座建设阔步向前

北斗导航星际照，大千世界映云高。
长征飞跃银河路，同步遨游日月桥。
星座坚实天宇阔，太极深奥古今遥。
深蓝愿景明方向，万象欣荣境界豪。

赤橙黄绿青蓝紫

——写于谷雨菏泽牡丹节

忽梦菏泽花淏海，月仙舒袖牡丹园。
广寒香霭化春雨，天际飞虹起凤鸾。
一笔仙风七彩墨，满园浓绿百花颜。
赤橙黄绿青蓝紫，如月雍容丽水蓝。

大明寺感怀

大明高峙九重天，学海甚深渡有船。

一路诚心宏愿映，万方正气昊天连。

月明夜静读经典，潮涌云飞竞海天。

万水重洋高境界，大千世界度仙凡。

附注

大明寺位于江苏扬州市西北蜀岗中峰，东临观音山。建于南朝刘宋大明年间，故称大明寺。寺中有鉴真大和尚东渡事迹陈列室。1980 年，鉴真坐像首先在大明寺展出。

读李白《沙丘城下寄杜甫》

诗坛李杜一别醉，再遇几时酒满杯？
松影转身兰郁郁，秋风落叶雨霏霏。
沿溪望水一程伴，飞雁传书几载回？
缘遇真情齐鲁境，诗随诚谊自高飞。

创作小记

心与心为什么会相遇，人的世界观和价值观起主导作用。“君子和而不同”（《论语·子路》），求同存异是自然和社会丰富多彩的基础，其与事业的理想主义和艺术的唯美主义不矛盾。在艺术的追求中，走自己的路，“见贤思齐”（《论语·里仁》），做最好的自己，感恩知音对自己的信任和帮助。

放飞风筝

春自樱花开满山，河边郊外竞飞鸢。

鹰高燕绕连长线，风暖春回映碧天。

一跃龙游潜若水，双飞蝶舞梦如仙。

晴空遥望云舒卷，远近随心天地间。

鹤望兰

天飞鹤起季春游，冬雪惜别诗意留。
一上千山万顷水，一鸣七彩九重楼。
一行时御修心久，一路运来秉笔悠。
仙影一程山水绕，国兰一韵梦无忧。

金银桥畔风景画

古迹桥前风景画，连湖环海四时佳。
春风细柳莺丛荫，夏梦香兰荷雨霞。
秋水玉泉潭瀚海，冬桥古雪月浓华。
金银桥畔运河起，南北通达船竞发。

立夏之雨

入夏碧空云荫斐，古城细雨若春回。
湾湾荷叶风摇柳，树树芙蓉芳溢菲。
飞燕翩翩萦古木，长河静静映朝晖。
花开雨润一方水，心向天蓝一梦飞。

漫步太空

——贺神舟七号太空漫步

千年彩绘梦飞天，今日太空漫步连。

俯瞰家园七彩岳，遨游星海九重寰。

五洲胜景五湖水，四海仙风四季山。

珍贵时空观宇宙，壮观景色起神舟。

附注

2008年9月27日，神舟七号载人飞船上的中国航天员首次进行太空行走。

启　程

——读苏轼《题西林壁》有感

绵亘纵横峦岭峰，三山五岳迅如鹏。
松林掩映风云竞，石壁登临鋆嶂腾。
既在其中知路远，又于其远信心恒。
东坡一笔庐山境，阅遍虚寰再启程。

附注

西林：江西庐山上一寺名。

清泉之酿

——读欧阳修《醉翁亭记》

醉翁不醉乐松深，睿水仁山天地心。
翼也仙亭山水宴，觥之佳酿谷泉醇。
临溪挥翰一泓墨，流水应弦七雅音。
意蕴清悠峰壑转，谁之风景四时新。

附注

欧阳修（1007—1072）：字永叔，号醉翁，六一居士，庐陵（今江西吉安）人，四岁父亲病故，母亲以荻秆画地教他识字。宋仁宗天圣八年（1030）中进士，因在政治上协助范仲淹，仕途上多次被贬多次被起用。

被贬滁州时写《醉翁亭记》，文中有名句“醉翁之意不在酒，在乎山水之间也”。

秋意陶然

——白露时节写于北京

胜地陶然无所求，船行诗意画中游。
仙山未醒松盈月，月桂又香菊满秋。
异彩兰亭清水赋，雅音仙境惠风酬。
古来多少笔中墨，点染秋湖映九州。

瑞雪迎春

不畏寒冬冰雪境，柔枝伴雪朔风行。

崇峰五岭苍岩劲，瑞雪万山遍地莹。

一色清幽琴上韵，一枝香冷画中屏。

迎春序曲闻河醒，满树金澄山水凝。

上　元

圆月初升清苑曜，灯山花树竞娇娆。
九天璀璨融仙境，七彩缤纷映画桥。
绣锦谜灯藏韵彩，溢辉皓月下云霄。
漫游山水观灯会，盛世祥和雅乐韶。

诗情画意之修

——读王维《山居秋暝》

心净尘寰身不染，修成兰若雨清山。
秋溪水映松风卷，天月云飞秦岭泉。
空谷竹石青墨渲，梵音莲座古经传。
香馨萦绕心自远，随意春歇秋未寒。

附注

王维（701？—761）：字摩诘，祖籍太原祁县。开元九年（721）中进士，开元二十二年（734）得张九龄赏识提拔。后因张九龄被贬也遭冷遇，政治态度渐趋消极，先后在终南山（秦岭山脉主峰）辋川过着亦官亦隐生活，晚年长斋奉佛。

诗意桃源

桃源诗意纵深游，何处沿溪觅古舟。
遍地春花飞水秀，一缘古境会心悠。
修身笃醒四时梦，避世非迷五百秋。
唯有入出尘不染，凡仙一念静心幽。

附注

1. 五百：陶渊明《桃花源诗》中有“奇踪隐五百”之句。五百年，自秦末至晋太元中大约五百多年，桃花源仙境奇异的隐世五百余年。

2. 入出：出世入世。

舒袖月仙下广寒

舒袖嫦娥下广寒，乘舟瀛海水潺湲。
闻香一路荷池绿，览胜十方玉宇蓝。
影动丛波莲叶静，回眸玉殿桂花繁。
星明月亮天河远，仲夏一程天地间。

朔风深夜竞天河

朔风深夜竞天河，大雨滂沱山水泽。
转鋆如龙潜海宇，飞云若翼起鹏翮。
雷鸣天上风煊赫，水润山边世泰和。
翌日天蓝云万里，远山近水九天歌。

陶然之遇

——读苏轼《泛颍》

东坡虽影水中散，不改君心气浩然。
一境曲直一颍水，万山迴毅万韶岩。
兰悠深谷馨逾远，荷静淤泥芳映妍。
一问颍池曾遇雨，四时飞转月莹圆。

附注

《泛颍》是北宋文学家苏轼任颍州（今安徽阜阳）太守期间游西湖时创作的一首五言古诗。这首诗写出诗人寄情山水，想在自然风光中超脱世事扰攘纷争的心情，抒发了“相对于无始无终的时空，得失不过在须臾之间”的感慨。

天上星河深又蓝

天上星河深又蓝，一轮得月竞飞船。
嫦娥玉兔桂花酒，金树清风滢雨源。
遂古一游天地久，同时一向梦心圆。
恒之有我仙之境，天父佑心七雅言。

闻香缘遇牡丹繁

一轮红日海天蓝，映照长河丽正园。
向远由知天地久，闻香缘遇牡丹繁。
天香感戴东风暖，国色赢得诗赋传。
日照花香山水月，感恩天赐丽长篇。

仙客来

仙客从来何处远？昆仑宫阙蓬莱山。
高如泰岳青云阔，旷若长风绿水宽。
东海仙都万里路，珠峰圣境九重天。
银河一览飞天梦，知遇仙风云满帆。

仙源流水向东方

——黄山游记之二

新安江水起源长，澄澈蓝滢百世芳。

松谷积溪云五海，仙源流水景三江。

山峦峰壑松竹茂，溪畔泉瀑花鸟香。

湖屿成千山势伟，一山阔水向前方。

附注

1. 黄山高峰林立，群山巨峰挡住了暖湿气流，遇冷雨水丰富，流泉飞瀑汇聚成江。

2. 黄山是长江和钱塘江的分水岭，众多溪流北入长江，南汇新安江、富春江、钱塘江。

3. 唐孟浩然诗云：“湖经洞庭阔，江入新安清。”新安江自古以来以水色佳美著称，流经浙江省中部，名为富春江，流经浙江省东部，名为钱塘江，后入海杭州湾。

4. 1960 年新安江水电站建成后形成巨型湖泊，湖中大小岛屿上千个，又名千岛湖，风景优美。

5. 黄山云海分别为东、西、南、北、天海。

向前看海

向前看海有多远，胜若乘风水载船。
心起风帆天佑助，人临仙境海通连。
蓬莱海阔群仙聚，日照天蓝万象涵。
理想征程一路远，万平海域水天连。

雪　松

隆冬一遇岁寒浓，昂首向阳雪暖松。
蓊郁稠枝涵雅境，婆娑密影荫深丛。
根连沃土长风劲，叶展园林远韵崇。
不竞芬芳青四季，相逢雨雪暖寒冬。

雪　梅

——写于小寒时节

小寒水冷朔风连，梅树雪花相对言。
雪在北原萌瑞愿，梅先南岭报春还。
谁说雪冷不言暖，谁为梅香不畏寒。
山上峰边梅雪映，春天将近景依然。

夜 读

弯弯新月倚云边，点点寒星穿玉帘。
阵阵清风翻古卷，行行诗句抚流年。
平平仄仄心灵感，喜喜悲悲人世间。
寒暑轮回山水转，春风一路百花繁。

一　梦

疑是九霄天外城，轻盈步履若仙风。
满园灿灿银河转，一水泠泠桂树生。
静静含芳七字梦，幽幽组曲四时更。
何来冷暖尘嚣外，自是清馨伴月升。

颐和冬暖

玉泉山映水滢蓝，起孔长桥胜境连。
智慧海风长竞宇，佛香圣地善弘缘。
龙雕之树儒心雅，阳暖之湖冰水湲。
春意一行仙岭鹤，东来紫气近崇岩。

附注

昆明湖十七孔桥东南面的廓如亭顶有镶嵌文学理论巨著《文心雕龙》章节的匾额。

刘勰一生兼长儒学和佛学，思想儒佛交融，但是，指导他写作思想的理论基础却儒佛分明。《文心雕龙》撰写意为君子“树德建言”，文中对历代文章批评的理论根据，是完全在儒家基础理论指导之下进行的。

雨中回

细雨绵绵山麓转，秋风飒飒暮峰连。
沿途漫漫松林静，行色匆匆风雨寒。
石径弯弯听雨点，饭香袅袅绕炊烟。
小桥流水低声诵，深院烛光近眼前。

郁金香

一枝独秀绿含葩，雅丽宛如五彩霞。

水载其香环玉宇，风融其韵化仙槎。

氤氲丛海水中画，幽静园林春季花。

曲径清源春雨洒，郁金香瑞感时佳。

缘　遇

——读李白《客中行》有感

诗圣诗仙齐鲁游，相识相遇自缘由。
兰陵美酒醇芳远，诗意雅风古韵悠。
馨境泉流源固本，郁金香酿客无愁。
高山流水仙音久，起笔驰麟继圣畴。

附注

1. 李白天宝初年长安之行后移居东鲁，天宝三载（744），在洛阳遇见杜甫，当时李白已名扬全国，与杜甫建立了深厚的友谊。天宝四载（745），李白和杜甫在东鲁蒙山第三次会面，共同寻访隐士范十和丹丘生。

2. 李白曾在自己早期的诗作中，感慨“大雅久不作”，愿尽有生之年，在文学上有所建树。

3. 《列子・汤问》记述了伯牙和钟子期“高山流水”的知音之交。

4. 古人认为，麒麟出没处必有祥瑞。

5. 《客中行》一诗中没有流露出作者身在他乡的客愁，而是表现出人生旅途中昂扬振奋的情绪。这也是李白诗作不同于他人的独到之处。

月色芙蓉水影香

天上月仙舞彩裳，芙蓉出水碧荷香。

云飞池苑临松境，水载玉音转月廊。

委婉琴弦清乐曲，朦胧月色瑞莲塘。

岭南一阕云追月，古韵仙风水影芳。

月中桂酒

月中桂酒溢香奇，酿满天河倾碧溪。
流到人间嘉树起，花开福地桂香袭。
嫦娥霓袖风云舞，仙乐星桥虹影移。
金桂丹香滋雨露，晚秋凝笔赋诗题。

运河积水月亮城

——扬州游记

运河积水静悠悠，月亮问城几度秋。
古渡琴音白塔峙，隋唐诗笔广陵游。
莲花桥畔西湖秀，仙女水湾竹径修。
月照水流沿古迹，长河漾漾润扬州。

附注

1. 扬州：古称广陵，又叫“月亮城”。

2. 瘦西湖：隋唐至明清，瘦西湖始终与大运河保持着水源相通，五亭桥是瘦西湖的标志，又叫莲花桥。

3. 东关古渡：扬州古运河景点，古时该处为京杭大运河渡口。

4. 白塔：传说根据清代乾隆帝旨意仿照京城北海白塔所建，所以瘦西湖白塔是与当地文化风格迥异的喇嘛式建筑。

5. 茱萸湾位于扬州市东部，东临古运河，西傍京杭运河，隋唐时茱萸湾是运河进入扬州的门户。

6. 中国大运河：世界文化遗产，始建于春秋时期（公元前 486 年），由隋唐大运河、京杭大运河、浙东运河三大部分组成。

钟鼓楼感怀

惜时自古竟悠悠，沧海桑田不胜收。
钟鼓回音星斗绕，时空序列古城游。
幽幽曲巷经凡世，奕奕中轴映鼓楼。
遂古依时心感慨，匆匆步履不停留。

仲夏星空

仰望星空曾璀璨，银河浩渺贯云天。
天边弯月凝河畔，月下清荷梦玉莲。
细水涓涓流不返，霓虹灿灿照无眠。
喧嚣萦绕天河远，仲夏繁星何日还。

重九菊月芳

九九月仙擎月芒，漫游山水瑞菊芳。
仙风随意天高远，丽质逢源秋冷香。
浩邈南山泉漾滃，悠然菊地水流长。
满园菊月滢秋韵，重九雍容景万方。

春雪之梅（三首）

其一　报春梅

随风渐暖闻香远，及早报春不竞妍。
红蕾暗香飞雪岭，清枝疏影探霜寒。
寒潮无奈春风愿，美景如期冰雪岩。
满树幽香春已到，虽寒却会百花繁。

其二　儒雅梅园

春寒料峭绿梅园，气韵含香字画联。
写意传神和古墨，题诗言志赋新篇。
还寒更看疏枝颖，乍暖又逢妙笔轩。
画影古诗深意境，静幽儒雅大观园。

其三　丽正梅香

雪花问冷向梅丛，丽正花开何日浓。
知暖幽香心若雪，耐寒清韵气如松。
怡然独秀春回暖，自若群芳山映红。
花落成泥香入梦，迎来春夏郁葱葱。

兰蕙之歌（三首）

其一　一兰

气度如仙不染尘，超然独立化风淳。
书香萦绕琴声伴，意境萌发诗赋存。
天赐七言生自信，芳涵九畹载奇芬。
传馨四季恒心驻，神韵如初日月临。

其二　九畹之兰

郁郁葱葱多少年，曾经九畹遇仙泉。
生生有幸诗词赋，世世随缘君子篇。
笔下幽幽香溢远，山边久久韵超凡。
一如流水琴弦起，自有知音静静诠。

其三　百亩之蕙

专注园中从百亩，耕耘不辍愿如初。
晨风暮霭识疏影，日月星辰映远图。
画境芳馨兰幽谷，仙源雅意蕙清儒。
心泉古道今回溯，自信依然心正途。

《美丽之中华大地》组诗

——民族园建筑奇迹感怀

其一　朝圣路上

民族桥宇起云端，朝圣路前天地连。
五彩经廊通圣路，四时风影舞经幡。
五明启慧心行远，六度行船海济宽。
日月兼程天佑护，三生五蕴有奇观。

其二　曼飞龙佛塔

澜沧遥映雪山连，孔雀飞来江水蓝。
塔起铜笛风漫漫，凤飞龙寺羽翩翩。
山庄白塔佛足迹，深谷雨林龙井泉。
洁若雪莲雕肃穆，静如竹韵立昂轩。

其三　大理崇圣塔

古城崇圣塔云边，大理明辉星际连。
塔影悠悠蓝雪月，荷风阵阵绿山川。
苍山雪域龙泽水，洱海玉容月净源。
文笔梦回唐雁塔，时空在此遇前缘。

其四　羌寨感怀

羌笛一曲水东流，大禹神灵制九畴。
部落联盟山固守，图腾仰望水兴修。
仙音幽婉曲中曲，羌寨绵连楼外楼。
不怨寒冬杨柳未，漫天白雪水中舟。

其五　侗乡感怀

桥迎路远到仙乡，傍水依山转月廊。
风雨桥前山远望，鼓楼天上凤恒翔。
雨中相送心曾往，水上相迎船又航。
阔水长桥风雨路，如诗意境遇仙乡。

附注

1. 转经廊：在藏区设有转经筒的长廊。

2. 五彩经幡：藏区的寺庙、朝圣路旁可见印有经文图案成串系于绳索之上的小旗，称为“经幡”。

3. 五明：佛教要求，菩萨为利益众生，必须广学多闻，学习五明：（1）声明——声韵学语文学；（2）工巧明——工艺、技术、算学、历数；（3）医方明——医药学；（4）因明——逻辑学；（5）内明——佛学。

4. 六度：佛学教义认为众生从烦恼的此岸度到觉悟的彼岸有六种方法。

5. 五蕴：佛学对宇宙万有的五种分类。

6. 曼飞龙佛塔：位于云南景洪市勐龙镇曼飞龙寨。相传，佛祖在来大勐龙时，孔雀飞满了坝子。

7. 大理崇圣塔：又名文笔塔，建于唐代，与古长安的小雁塔建造年代建筑风格趋同。位于大理古城，西对苍山，东面洱海。

8. 九畴：大禹制订的九类治国大法。

9. 侗族风雨桥：建在较宽的河面上，大桥长廊之上加盖鼓楼式建筑。

10. 侗乡鼓楼：有侗寨就有鼓楼，一般按族建楼。其建筑艺术特色：整幢鼓楼全以榫槽连接，历数年风雨而不朽。

郯子家乡凤飞翔

其一

古国五凤兆吉祥，后裔子孙德惠邦。
华夏奇峰飞百鸟，东夷盛世起八方。
泽流沭水泰延脉，举世民风淳溢芳。
少昊高翩先祖荫，国君郯子凤翱翔。

其二

郯国仁孝古风尚，德化渊源沭水旁。
郯子奉亲神鹿助，圣人闻道凤鸾翔。
师郯佳话诚心至，崇圣长篇慧眼量。
古荫涌泉仙羽逸，春秋战乱不迷茫。

其三

郯子家长沭水长，大河百世阔衢方。
柏松九女涵灵韵，银杏万林着盛装。
神树仙风萦庙宇，仁德贤圣起家邦。
荫泽大地苍天佑，乐水慧心起凤凰。

附注

1. 郯子是春秋时期郯国（今山东省临沂市郯城一带）国君，少昊后裔。

2. 少昊是黄帝的儿子，古华夏部落首领，诞生时，天空有五只彩凤凰飞落在少昊氏的院子里，因此他又被称为凤鸟氏。

3. 少昊时期是华夏凤文化的繁荣时期，凤文化和龙文化是华夏族两大文化支柱。

4. 郯子的仁孝之德，历来为海内外称道。在我国历史上传颂不衰的“二十四孝”中，郯子“鹿乳奉亲”的美德一直被视为楷模。

5. 郯子尊崇仁爱思想，知识渊博，其才华得到孔子的重视，唐韩愈《师说》中说：“圣人无常师。孔子师郯子、苌弘、师襄、老聃。”

雪舞组曲（六首）

其一　古国之白雪

雪花飞舞古国风，激越音程伴吾行。
林海回旋峰壑转，雪原协奏管弦鸣。
长篇序曲心识远，四季乐章主题凝。
白雪长风缘梦起，古国之旅雪花萦。

其二　腊月之白雪

白雪皑皑丽正园，湖心晴雪玉冰蓝。
水边有雪凡尘净，天际舒云雪意绵。
诗意悠悠诗韵久，雪仙邈邈雪绒轩。
风和雪舞飞云漫，雪瑞九重天外天。

其三　祥瑞之雪

仙女九重飞雪送，银河长练净寒冬。
听风天外云积雪，乐水桥前睿起龙。
水上仙桥心若梦，篇中诗意气如虹。
九曲寰宇七言赋，瑞雪漫天翰墨浓。

其四　雪问

曾寄洁白天地间，今朝雪地问蓝天。
汝从何境翩翩至，吾梦成真静静参。
柔润灵心清慧住，灵萦睿气地天连。
九重宇宙恒仙境，世世生生年复年。

其五　咏雪

天赐田园风景线，卷帘叹雪早春还。
雪花畅舞和风顺，音韵悠扬暖水蓝。
喜庆灯笼擎福地，欣迎瑞雪兆丰年。
吉祥白雪伊人咏，典雅晶莹来九天。

其六　雪后

疏星冷冷嵌苍穹，寒月幽幽溢柔清。
白雪皑皑银装素，冰河滟滟凌波滢。
赏心冰雪尘埃净，悦耳琴声心神凝。
激越轩昂朔风往，悠扬舒缓星月行。

《古典园林之回眸》组诗

——第九届园博园游览组诗二十三首

一　诵古典园林起源

邃古向天一望远，遥知仙境九重天。
登山五岳千峰转，探海八方万水连。
朔望天河日月转，暑寒季节历时还。
观天景象仙台起，一览自然天地间。

附注

古代文明山水审美观念的确立，对自然界观察和探索的向往，促成了中国古典园林的起源。

二　敦煌一梦心如愿——游兰州园

敦煌一梦心如愿，壁画飞天玉宇连。
圆梦群仙齐远翼，成河源水聚中原。
入云火箭天河焰，列阵神舟星海篇。
经典飞仙长画卷，兰州风景映云天。

三　天河寻津——游天津园

不虚此旅不虚叹，星海泛舟亦夙缘。

遇水寻津帆济愿，逢山领路梦飞天。
海河九水摩天转，视野八方旷宇联。
浩瀚天河经古渡，向心恒力竞飞船。

四　西湖鱼水缘——游杭州园

大清御笔绘江南，仙境瀛洲鱼水缘。
水映牡丹鱼跃水，山含月色树连山。
一方水绿一山秀，一港花红一水妍。
景异风和同古荫，西湖翰墨水潺湲。

附注

清康熙三十八（1669），康熙皇帝巡游西湖，观花赏鱼，御笔亲题“花港观鱼”，钦定为西湖十景。

五　泉水人家——游济南园

黄河龙脉古城流，泉水人家楼外楼。
听雨春风湖上柳，卷帘山色画中秋。
池荷月满诗缘梦，古墨菊香仙境游。
九畹花盈兰桨渡，南山白雪映湖舟。

六　松风阁感怀——游鄂州园

松风不为四时叹，叶茂根深菩萨泉。
万木云涛山映水，一程诗意墨逢源。
山边星斗依时转，江上渔舟顺水还。

朔望阴晴川入海，晨星晚照树参天。

附注

松风阁在湖北省鄂州市的西山灵泉寺附近。宋徽宗崇宁元年（1102）九月，黄庭坚与朋友游鄂城樊山，途经松风阁，听松涛而成韵赋“松风阁诗”，歌咏当时所看到的风景，并表达对朋友的怀念。

七　未央宫阙未阑珊——游西安园

未央宫阙未阑珊，形胜依然龙跃然。
高祖功臣曾盛宴，柏梁诗韵又鸿篇。
五言意境心存远，七律诗仙墨敬先。
殿宇栋梁龙凤转，清香名贵木兰椽。

附注

1. 未央宫，建于汉高祖七年（前200），位于汉长安城地势最高的西南龙首原上。自未央宫建成之后，西汉皇帝都居住在这里，成为汉帝国200余年间的政令中心，所以在后世人的诗词中，未央宫已成为汉宫的代名词。

2. 史载，汉高祖天下定，置酒宴群臣。

3. 柏梁台：建于汉武帝时代，此台建筑以香柏木为梁架。据说汉武帝在柏梁台，与群臣联句赋诗。

4. 柏梁体：七言古诗的一种，开七言诗先河。一般古体诗只要求偶句押韵。近体诗则首句入韵可平可仄，偶句押平声韵，一韵到底。柏梁诗每句七言，都押平声韵，全篇不换韵。

5. 史载，未央宫栋椽为木兰木。

八　梦桃源——游常德园

叠山含雨梦仙舸，东晋桃源终觅得。
古渡名津一水韵，武陵春晓满山歌。
奇峰隐世尘嚣醒，深谷探幽净土泽。
忽阔忽狭溪水澈，亦悠亦雅古诗则。

九　明代戏台感怀——游晋中园

独醒人生大舞台，芸芸此地众徘徊。
仙凡皆梦心识载，乐曲异源音律裁。
字正腔圆帷幕启，流长源远宇天来。
如鹏风上鲲潜海，一遇圣贤迷雾开。

十　春及园感怀——游昆明园

四季春及百字联，一湖水映四维山。
宏翮仙逸鹤高转，金马神游龙巨蟠。
武帝旌旗隆汉典，中宗铁柱纵云天。
楹方宇靖心灵远，湖漾月明春满园。

附注

1. 百字楹联在云南滇池大观楼，创作于清乾隆年间。
2. 百字长联中，神骏是指昆明东金马山。
3. 史载，汉武帝于公元前 120 年修建昆明池，在长安操练水兵。
4. 史载，唐中宗于 707 年派兵收复洱海，立铁柱记功。

5. 云南滇池，又称昆明湖，形若新月。

十一　世纪春风先岭南——游岭南园

世纪春风先岭南，梅关古道早梅妍。
罗浮仙境无虚愿，粤韵韶华不畏寒。
九曜龙吟云写意，一江潮涌梦飞帆。
昔时南北通兹路，今日神舟上九天。

附注

1. 五岭之大庾岭梅关古道始通于秦汉，是从中原至岭南的古道。

2. 罗浮山是国家级风景名胜，位于岭南中南部。

3. 九曜，日、月、行星的总称。

十二　赫曦台怀古——游长沙园

赫曦古荫梦湘江，日曜东方兴万邦。
直向源澜龙舸远，平行胜境虹宇长。
人生自有仙凡路，境界固循经典章。
岳麓春风江水起，轻尘微蔼在何方。

附注

1. 史载，南宋理学家朱熹，在岳麓书院讲学时每晨登山见晓日于山河间喷薄而出，即情不自禁欢呼“赫曦，赫曦”。后建台曰“赫曦台”。

2. 史载，清朝，岳麓书院培养出17000余名学生。

十三　晋阳感怀——游太原园

一上太行山水缘，长河岳脉碧云天。
既达愿景曾飞雪，不老泉源总溢湍。
有系焉能究宇邃，不惊何以有尘喧。
尚贤“对越”横空世，亘古晋阳天赐源。

附注

1. 太原史称晋阳，东倚太行，西靠吕梁，黄土沃野，汾河其中。园景设计灵感缘于晋祠。

2. 晋祠风景

（1）对越牌坊：造型优美，结构壮丽，雕刻精细。

（2）不系舟：语出《庄子·列御寇》：泛若不系之舟，虚而遨游者也。

（3）难老泉：因《诗经·鲁颂》中有“永锡难老”的锦句，故此泉命名为“难老泉”。

十四　一程禅意——游郑州园

嵩岳寺前禅意远，九天玉宇驻心田。
水深不溢湍如谷，心静不移势若山。
天地何求星自璨，心灵再遇世曾缘。
菩提心印一程启，定慧之光济满帆。

附注

1. 禅：指去除杂念，处于净心思虑的状态。

2. 古人云：无“定”事不成，无“慧”智不显。

十五　妈祖赋——闽园敬献

云映方塘心若海，女神妈祖佑贤才。
无忧百世崇诚彩，真乐三生赋壮怀。
万里重洋龙翼率，九天仙境凤凰来。
扬帆浩瀚一程凯，矩阵方舟一字排。

附注

福建南溪书院古朴庄严，书院内的方塘，为南宋理学家朱熹幼年读书处。朱熹《观书有感》诗曰：“半亩方塘一鉴开，天光云影共徘徊。问渠那得清如许，为有源头活水来。”

十六　再忆江南——游江南园

再忆江南碧水蓝，松梅竹友伴依然。
虽无沃雪悄然至，却有青云久瀹连。
流水和弦飞月梦，游廊送目向星岩。
一程雅颂随风起，直上九重载月船。

十七　乐山乐水——园林博物馆感怀

何日修得三世佛，心宗经典四时多。
乐山寂静融寥廓，乐水幽深识广博。

启睿九重星揽月，崇仁五海水扬波。
山山水水缘来遇，天地人和造化卓。

附注

1. 峨眉山是普贤菩萨的道场。
2. 阐释天地人恒久不变道理的书为“经典”。

十八　奢香夫人——游贵阳园

一章神彩敬奢香，十万精兵何以偿。
正气凛然扬孔孟，仙风浩邈盛家邦。
谁说雅韵山峦嶂，谁阻巾帼衢路方。
自有上苍天佑护，心宗经典久悠芳。

附注

奢香夫人（1358—1396）：明代彝族女政治家，崇尚儒学的仁爱思想，将孔孟学说运用到彝乡建设之中，开山通路设置驿站，为维护祖国统一和促进我国西南地区民族团结做出重大贡献，受到明代朝廷的嘉奖。

十九　京城紫气万园林——游北京园

其一

曾有圆明万景春，今朝锦绣绘乾坤。
长城万里群山峻，永定万年碧水深。
城固军都形越胜，松连山脉荫尤森。

京杭大运河开济，一路流芳千万村。

其二

太液碧池泽御苑，青山晓月昊天云。
松风万树九河韵，溪水百峰七彩雯。
塔静月明西岭雪，河香源远玉泉琛。
颐和万景孔桥映，春荫夏荷秋叶芬。

其三

紫气北辰日月昕，帝都御浩万园林。
九重五海仙飞梦，万象四时梦起鲲。
栋转龙鳞丹鸟凤，天翔鹏翼睿麒麟。
天庭仙苑月宫阙，统领中轴精气神。

二十　天鹅——游哈尔滨园

天鹅飞去又飞还，宛若云白天际蓝。
江水为伊倾九曲，松风为汝动七弦。
不期山遇长风远，怎越星连大海宽。
比翼羽裳清丽起，松花江月水晴澜。

二十一　神农高铁惠苍生——游株洲园

炎黄先祖启征程，化作通衢万事成。
千线飞驰高铁智，源流辉映炎帝风。
株洲胜境百年梦，世纪宏图一路城。
一带辉煌通远景，十方世界惠苍生。

附注

株洲是华夏始祖神农氏的故乡。株洲电力机车厂创建于1936年，今发展为现代化铁路机车研制基地，是世界一流的轨道交通装备研制企业。其研制的动车组深受“一带一路”沿线国家人民欢迎。公司的电力机车、航空动力，百余宗中华第一。

二十二　高林郡邑九天星——游郴州园

高林郡邑深山静，笃守信心独复行。
圣壤潜心生凤翼，龙江飞舸起云翎。
五连赛事体坛梦，数载功德奥运铭。
山绕水盘五岭跃，一程勋满九天星。

附注

1.“郴”字独属郴州，秦代篆字结构“木木邑”，意为青山密林中的城市。今为后代演变汉字。

2. 郴州在湖南省东南部，五岭以北，衡岳之南，有“山川之秀甲湖南”美誉。

3. 郴州是中国女排世界五连冠起步训练宝地。

二十三　牡丹亭——游江西园

牡丹不解剧中幻，谁到花前虚世园。
国色本来芳不染，天香固有慧非凡。
只因尘世迷宫转，偶遇知音仙境还。
落笔生花一曲叹，愿人长久月长圆。

附注

南昌园以鄱阳湖环境和赣鄱文化为主线，表现了江西的山水文化和建筑艺术。有“东方莎士比亚”之称的明代戏剧作家汤显祖临川梦之画卷其一《牡丹亭》的文学特色和语言艺术对后世影响较大。园中建有古香古色的牡丹亭与青山绿水交相辉映，展示了赣鄱山水的故土人情。

早春随笔（九首）

立春

四季轮回春复始，天将山水绘如期。
湾湾细柳河边径，树树暗香梅影霓。
流水潺潺云岭迤，和风煦煦柏松齐。
春之画笔萦青绿，春雨潇潇碧水溪。

早梅

一树梅花白雪凝，春先芳傲荫红英。
晨连东旭飞霞竞，古觅仙风雅境萦。
固守初衷香自远，深涵清冷韵从灵。
谁说尘世无知己，瑞雪红梅几世情。

春兰

古时君子叹幽兰，葱郁含香山麓边。
一境随风馨慧远，四时入画韵芳荃。
曾来之笔飞仙逸，不染之灵净世繁。
天赐幽香清写意，读出胜境雅如兰。

金牛

农历纪年正月正，金牛九九恳之耕。
田园蓊郁禾苗旺，盛世欣荣日月升。
诗意盎然天地转，源流浩瀚水山逢。
惜时珍贵勤朝暮，大地春回雅惠风。

蓝天

不知天外有多远，地正天蓝日月圆。
天地人和经典撰，国风雅颂赋诗诠。
昔时梦想火飞箭，今日梦圆天问篇。
一上九重天地转，深蓝映宇远征帆。

甘霖

春风昨夜东南起，送雨如期到碧溪。
一路几逢崖壑嶂，一行几遇雨虹霓。
一湾水影柔柔漾，一岭松风郁郁齐。
冬雪惜别春化雨，甘霖天贵赋诗题。

春雨

雨前山紫玉兰青，雨后水蓝细柳风。
雨落淙淙畦满径，雨迎蓊蓊鹤来峰。
雨滴点点水中竞，雨意浓浓岭上耕。
雨荫桥边今古景，雨来紫气大河澄。

题画

大地早春七彩瑞，仙风起笔画中飞。
柳枝点水挥毫萃，古墨惜香写意随。
意境潺潺长卷斐，画轴缓缓彩绫辉。
自然画笔天时绘，万象峥嵘山势巍。

馨缘

汨罗江水源泉漾，树蕙滋兰古韵芳。
入画清新疏叶细，和诗柔雅素兰香。
回眸感叹时荏苒，开卷谋篇韵正方。
多少年来多少路，馨缘九畹赋诗长。

第五辑

七言古律

春天之丽江桂梅

一桂香酿传世善，一梅清枝迎春繁。
一枝蜡炬明心境，一校书声共群山。
暮霭朝霞山际转，晨星晓月树松连。
大山深林起鸣凤，大地仙风映层岩。
涉水环山育苗树，会神执意赋史篇。
雅诗白雪丽江水，吉景雾淞南岭山。
岭岭泉溢心之梦，天天眼望山之岩。
上苍雨露五岭秀，大地溪瀑万水潺。
画笔难临遍其境，诗行难觅溯其源。
信心一路起灵感，圆梦一生在仙山。
助梦远航勤敬业，惜时珍贵风起帆。
民族向前楷模率，仙乐共鸣天地间。

创作小记

看了央视对时代楷模张桂梅校长的采访视频，非常感动！尤其是她对着大山深处那深深地一望，说：明年那一片山中的女孩就可以来上学了。

她倾尽毕生财富救助贫困孩子，倾尽毕生精力教育学生懂得“知识就是力量”。

对于她的奉献精神和作为，我受到了强烈的震撼和感动。

向时代楷模致敬！使天真的心灵经过不懈的勤奋努力从而达到永葆其天真之本色的境界。这就是教育的真谛！

美丽的奥林匹克

——2008 年北京奥运会记忆

其一

百年奥运中华梦，千载一逢北京城。
申奥成功书史册，履行承诺启征程。
科学设计新场馆，传统继承古都风。
水碧天蓝田野阔，神州大地巨龙腾。

其二

奥运会徽中国印，北京舞动迎嘉宾。
人文理念镌新意，传统印章寓丹心。
华夏文明传宇宙，五环旗帜聚心神。
吉祥喜庆燃红火，奥运史诗续篇新。

其三

福娃北京欢迎你，圣火映红绿水源。
水动波长红鲤跃，山转竹茂熊猫攀。
藏羚报喜驰草甸，春燕祈福翔碧天。
五彩福娃迎奥运，五洲盛会喜团圆。

其四

奥林匹亚阳光灿，圣火升腾喜点燃。
橄榄绿枝传友谊，白鸽展翅载平安。
五环旗帜迎华夏，火炬祥云耀雅典。
古老文明延世代，中西合璧祥云传。

其五

友谊和平连世界，祥云火炬接力传。
珠峰雪域虹云起，万里长城神意连。
异域远邦弘正气，五洲四海赋新篇。
吉祥圣火传天下，亘古文明天地涵。

其六

北京奥运场馆靓，新颖简洁近自然。
雄伟鸟巢流线畅，水晶分子透莹蓝。
流光溢彩映高台，碧水浮云涌喷泉。
返璞归真仙创意，壮观典雅秀眼帘。

其七

北京奥运五洲会，火树银花七彩融。
圣火升腾星夜璨，礼花绚丽盛世隆。
五环标志飞天耀，体育健儿风采雄。
华夏欢腾圆梦想，辉煌庆典炫苍穹。

其八

奥林匹克神州赛，梦想百年今日圆。
体育健儿搏奥运，万国旗帜映蓝天。
五洲竞技交锋烈，记录刷新捷报传。
超逸品格浩气正，辉煌赛场信心连。
冲击极限赢喝彩，超越精神奏凯旋。
竞赛公平传友谊，团结正义聚五环。
激发斗志神采奕，领略拼搏掌声连。
朝气蓬勃赛场内，群情澎湃看台前。
神奇盛会铭史册，难忘瞬间刻心田。
体育强国世纪梦，中华崛起奥运年。

缘　起

其一　缘起

偌大宇宙遇惜时，序曲浓音渐依稀。

七彩音起仙曲雅，九重星映远河奇。

增维乐章新旋律，续航风景古诗题。

行之不惑天时济，来之缘起万事宜。

其二　心稚

元音轩昂吉时起，精灵聪睿德智齐。

稚嫩童音连日月，青葱画笔伴朝夕。

依仁神至信心固，得道薪传时势吉。

仁父山高善缘起，慈母水澄慧心依。

其三　启智

启智方知责任重，谋事更觉业精怡。

心境神聚五经卷，仕途身立万世基。

真宗劝学意犹在，古言咏诵韵曾极。

谁之笔墨雪泥印，几多诗缘百世琦。

其四　不惑

不惑之境九衢通，开卷之心不迟疑。
古酿诗心月静夜，仙凝兰韵菊芳期。
几回尘世闻熙攘，几觅贤境渡津迷。
几又寻回初心愿，几再复得凤来仪。

其五　远知

知识何止万卷帙，信息瀚海方舟驰。
圣迹临水一帆济，箴言汇芳万香积。
经典晨晖北斗映，道理神明天地熹。
崇圣伯乐仙骐骥，宗经诗意鸾凤麒。

其六　悟觉

四维仙凡虚之境，兰若莲荷不染泥。
安得芬芳馨之语，焉醒朦胧路之迷。
惜时固本繁枝荫，积瞬连篇赋诗题。
静待春暖花开日，七彩溢芳馨自奇。

再寻桃源

——读陶渊明《桃花源记》有感

春光明媚三月天，开卷再读桃花源。
逐水青溪寻古迹，溯源风景向田园。
澄溪漾漾桃枝影，丽日悠悠彩云边。
坐看桃林一路远，飞舟溪水万重山。
一溪碧水盘山转，两岸桃花倚水翩。
摇曳婀娜林郁郁，清澄湛碧水潺潺。
舟驰心往溪碧矣，林近水源人怡然。
松柏参天青四季，桑竹垂荫绿满园。
民风淳朴乐山水，草木荣衰顺苍天。
屋舍俨然路广阔，垂髫黄发咏诗篇。
晨曦冉冉勤耕作，暮霭浓浓揽炊烟。
松下晚风拂绿野，清空皓月映云天。
月光流淌尘嚣外，仙界徜徉天地间。
源里仙城山水久，世中峰壑时境凡。
山重水复寻佳境，雾渺林深叠嶂峦。
犹记桃花青溪水，焉寻山口辨仙源。

第六辑

五言律诗

春游前后海

——大运河游记之京城积水潭港

春游前后海，柳翠杏花白。
举目银桥迈，迎风水面来。
运河连海岱，积水向江淮。
古迹遗当代，百花春又开。

附注

1. 公元十三世纪，元帝国定都北京。因感叹于隋炀帝在六世纪末建造的隋唐大运河的运输效率，忽必烈决定再度启动大运河工程，直通京杭。七百多年前的元大都积水潭港是京杭大运河的北端（今在北京市西城区），南至南宋临安（今杭州市）。

2. 今天所说的中国大运河是指忽必烈开凿的京杭大运河。2014 年 6 月 22 日，中国大运河入选《世界遗产名录》。

二月巨龙起

——写于龙抬头节

二月祥龙醒，东方日月升。
甘霖澄海岳，玉宇满春风。
大地千山树，长河万里程。
不觉冬夜晓，一跃势先锋。

古城中秋

旭映东山彩，中秋沭水来。

天香月上绘，玉露菊中开。

金粉红蓝紫，深柔绿雅白。

清如尘世外，仙影瑞蓬莱。

清明滴泪雨

清明滴泪雨，一束净白菊。
寄梦天堂语，来生共路衢。
上苍恩遇沐，吾意信心逾。
尘世不虚度，方圆诗意余。

一境雨荷

花香芳几许？皓月问红荷。
雨点翩翩数，涟漪细细和。
溪中鱼竞水，水面月萦河。
一境荷花雨，朦胧景几何？

颐和园之春夏秋冬

——组诗四首

其一　游颐和园苏州街——写于谷雨时节

颐和水载舟，新绿映河幽。
明镜摇船影，香风溯古州。
小桥垂柳岸，皓月映台楼。
笔绘江南水，春祈雨庆收。

其二　诗意颐和——写于夏至时节

长桥若彩虹，静瞰碧漪中。
湖映玉泉塔，舟行世纪龙。
水澜心海瀚，书苑玉楼崇。
禅意诗情滃，昆明画意浓。

附注

禅：静心思虑的状态。

其三　与画依澜——写于秋分时节

颐和园北望，山水蕴葱苍。

殿峻依山远，佛香瞰水长。
平湖清玉舫，古墨彩华章。
邀月昆明水，依澜与画廊。

附注

颐和园长廊是我国古建筑和园林中最长的轩廊，廊间有万幅山水、花鸟、中国古典名著等内容的画幅。

其四　颐和园感怀——写于大雪时节

冬游万寿山，大雪有蓝天。
松柏凌霜劲，昆明汇水涓。
登阁求境界，济世度仙凡。
静览人间事，佛香映泰然。

国庆中秋映月圆

双节秋月照，东起映蓝天。
传统佳节至，神州赏月圆。
九重迎皓月，七彩绕崇岩。
仙乐随风起，佳音送广寒。
蕙风舒彩袖，碧水抚琴弦。
玉宇嫦娥舞，良宵雅韵传。
霓裳萦月丽，香桂酿清澜。
弥漫华宫阙，婀娜天地间。
仙风云水畔，圣荫古城寰。
月下柔辉映，笔前雅意联。
赋诗邀月韵，佳酿敬婵娟。
典雅如流水，长河又远山。

再游昆明湖感怀

柔柔水面风，湛湛湖心行。
水向暮春远，夏来细雨蒙。
依依水上送，漫漫雨中逢。
舫彩遥遥绚，水蓝漾漾滢。
似曾杨柳树，宛若古诗经。
新绿平湖映，昆明诗意萌。
粼粼波万顷，静静路一程。
兰桨悠悠渡，虹桥久久承。
南湖仙岛梦，西岭玉泉峰。
意象倾心境，廓如绕宇亭。
雕龙原道久，文笔载心诚。
近水源泉涌，积学日月升。
西堤流水转，东海竞云腾。
唯有佛香远，修心智慧成。
诗风宗雅颂，仙韵寄心声。
回望昆明水，湖蓝雨水澄。

附注

1. 在昆明湖十七孔桥东廓如亭，有镶嵌着文学理论名著《文心雕龙》部分篇章内容的匾额。

2. 南湖岛在十七孔桥西端。

3. 玉泉山在颐和园以西。

4. 昆明湖的西堤与从西堤岔出去的短堤将湖隔成三块，而分立其中的南湖岛、藻鉴堂和治镜阁岛，分别象征着东海的蓬莱、方丈、瀛洲三座仙山。

第七辑

九言古风

奔向月亮的梦想

——献给美丽嫦娥和聪灵玉兔

遥望悠久深邃之苍穹，
有美丽神话飞至月宫。
代代相传动人之故事，
为朦胧月色谱写歌咏。
在那广袤上古之大地，
日出月升映照着长空。
劳动民族辛勤之耕作，
丰收田野上其乐融融。
为家园生活幸福和平，
仙气助嫦娥飞向九重。
随明月萦绕参天桂树，
舒长袖舞动虹彩云彤。
桂花清酒弥漫着月香，
绕广寒宫殿雕梁画栋。
与旋转星辰遥相呼应，
天地间有梦亘古神通。

今天探月有嫦娥圆梦，
携聪灵玉兔飞至月宫。
代代航天人凝聚智慧，
在不同岗位奉献与共。
伴横沙穿越纵深大漠，
曾迎送雨雪气贯长虹。
听长风呼啸崇山峻岭，
又神舟飞船再建奇功。
长征路上有火箭升腾，
北斗导航在引领太空。
天宫课堂将知识传授，
嫦娥奔月亮诗意正浓。
古人想象经现实描绘，
圆梦之笔意浩气若鸿。
那美丽嫦娥优雅自信，
在宇宙遨游奔向月宫。

附注

2013 年 12 月 2 日，嫦娥三号和玉兔月球车飞向月宫。12 月 14 日成功着陆月球雨海，圆满完成“观天、看地、测月”任务。

春兰秋蕙之韵

兰蕙自古诗楚辞悠香，
有多少风雅笔墨竞芳。
随春雪滋兰韵起灵秀，
闻秋风树蕙心生清朗。
一丛丛绿叶蓊蓊葱郁，
看世上几度雨雪风霜。
一簇簇蓓蕾欣欣向荣，
天佑护枝枝含苞待放。
一朵朵花影栩栩飘逸，
入诗画宛若鸟中凤凰。
一缕缕馨香幽幽漾溢，
给笔端增添几分畅想。

一如诗赋诵心中九畹，
蕴寄苍古间精神守望。
绵延世代之君子神韵，
雅秀于时空艺术长廊。
一如文章在用心雕龙，
沉静下笔生辞彩翱翔。
华实兼备求诗意鸣凤，
树兰固本宗经典篇章。
天生兰蕙尚自然泥土，
潇洒仙韵映山高水长。
亘古咏叹在耳边呼唤，
大地弥漫着兰蕙芬芳。

附注

风雅：原意是说《诗经》有《国风》《大雅》《小雅》，后来把诗文以至文化艺术活动之事称作“风雅”。

从汨罗之畔走来的诗意

——对源远流长诗赋之解读

这是心灵神奇之回溯，
意向涌动着深邃诗脉。
这是境界和谐之乐章，
往星际憧憬面向未来。
风传递你悦耳之心声，
时穿越混沌初始尘埃。
云飞逸你淳净之诗笔，
境化为玉宇九色仙霭。
时间跟随你求索足迹，
在汨罗江畔苦苦徘徊。
仙迹镶嵌你不朽诗情，
伴江水回应苏世感怀。
你如南国橘树之深固，
横而不流兮旷世之楷。
你树蕙滋兰上古九畹，
百亩花园兮超然世外。
语言艺术花蕾之芬芳，
从渊源流向纵横澎湃。

汨罗江水滋养之心灵，
连世代汇成诗意瀚海。
曾有汉赋虚陈其幻境，
富丽堂皇之文辞溢彩。
继诗仙太白山水梦游，
惊起长嗟其心境顿开。
摩诘溯寻在桃源仙境，
从何处笔墨溪行舟载。
东坡敬陶诗逐首追和，
入出自若赞仕隐情怀。
代代文苑之精深笔意，
渲染人世间悲喜感慨。
篇篇亘古之抒怀韵律，
使诗意远方天赋识才。
经典描绘之时空概念，
已迈向浩瀚数字时代。
崇尚渊源之睿心慧海，
泉涌诗意从汨罗走来。

附注

1. 战国后期的屈原是我国文学艺术史上的重要作家，是政治上的理想主义者，艺术上的唯美主义者，因为时代所不容，投水殉于汨罗江。他在《楚辞．橘颂》中，拟人化地歌颂了橘树的高贵品质，他在《楚辞・离骚》中，以“滋兰九畹，树蕙百亩”表现了自己超然世外的唯美主义情结。

2. 汉赋：西汉初文学艺术形式，艺术上极尽言辞修饰，语汇华丽，篇幅巨制，大力渲染了封建帝国的虚荣繁华，文风有舍本逐末之趋向。

3. 唐代诗人李白的《梦游天姥吟留别》是以游仙诗的笔法所创作的诗歌，是唐代浪漫主义诗歌的代表作。

4. 唐代诗人王维的七言乐府诗《桃源行》，题材取自东晋陶渊明的《桃花源记》，经过艺术再创作，通过一幅幅的形象画面，拓展了陶渊明诗歌的境界，并发出了“不辨仙源何处寻”的感叹。

5. 宋代诗词家苏轼，在被贬黄州任职期间，逆境中淡定自若，在研究陶渊明诗词反映的社会理想和作品的艺术特色后，和诗步韵陶渊明的全部诗作。

从前天昨天走到今天

——圆明园游记

清明圆明园细柳还寒，
掩映水面在述说百年。
深深之湖蓝笔端相聚，
有多少记忆倾诉史篇。
追溯翻开一页页画面，
目光浏阅在万园之园。
印象跟随着时光倒转，
宫苑之盛景若在眼前。
万春园碧映天心水面，
七彩云洒满勤政宝殿。
海岳开襟通仙市蜃楼，
凤麟洲岛连曲桥驳岸。
晓春长堤念流水何去，
涵秋文馆聆琴音悠婉。
闻长生古有仙人承露，
求淡泊梦若碧水幽澜。
经典珍藏在文源玉阁，
凤凰盘旋于碧桐书院。
武陵春色渔人访仙境，
西湖秋水明月印三潭。
涌金桥水绕方壶胜景，
观澜堂燕飞瑶台仙山。
映水荷仙子临波抚琴，
接秀山风景别有洞天。
明春杏花连湖影山色，
清夏莲荷载香榭鹤轩。
湖边有秋月涵今映古，
青松迎白雪九州清晏。
太和殿祥龙腾云绕栋，
九孔桥长虹荟彩叠练。
湖山遥应听高山流水，
风荷相依诵万方和安。
集造园艺术华贵典雅，
聚人间仙境皇家宫苑。
美轮美奂令世人羡慕，
东方博物馆寰宇相传。
神州智慧被邪恶窥视，
阴谋蓄意着诡计野蛮。

财富美景被洗劫践踏，
文明挣扎在黑暗硝烟。
如镜水面影残桥冷雪，
西洋楼景沦颓壁断垣。
雕砖叠石存悲愤记忆，
废墟遗址无观水喷泉。
世界奇迹遭空前劫难，
有一代文豪仰天哀叹。
清明雨滴滴落入湖水，
化成墨行行载入史卷。
一篇篇文章唤起觉醒，
一代代梦想智慧超前。
今天又来到遗址公园，
爱国情怀映水碧天蓝。
浩然亭写照民族正气，
松柏树传来天赐灵感。
太阳温暖着山清水秀，
月辉明亮着地天相连。
春风中玉兰如云若雪，
树枝上樱花芬芳烂漫。
水面起天鹅怡然舒翼，
福海看家人自如飞船。
民族记忆助奋起梦想，
美好景致会超越从前。
圆明园沧桑苦尽甘来，
从前天昨天走到今天。

附注

法国文豪雨果曾描述过圆明园的艺术成就：“圆明园不但是一个绝无仅有、举世无双的杰作，而且堪称梦幻艺术之崇高典范……一个无法用语言描绘的，仙境般的建筑……”当时“世界的艺术家、诗人、哲学家都知道有个圆明园”，在圆明园被强盗洗劫后，雨果哀叹：“这个奇迹不复存在了！”

当圣火传到美丽家乡

——难忘2010年亚运会圣火

当圣火传到美丽家乡，
记忆之涟漪化作诗行，
拥一湾深海呵护诗意，
赋一首心曲抒写向往。
在虹起凤飞碧水金滩，
念海阔天空家乡海阳，
有火炬传递阔步征途，
大地辉映吉祥之光芒。
我仿佛迎面大海晨风，
聆听海潮起伏之澜沧，
从亘古满载深深思念，
愿起航之旅地久天长。
我仿佛环绕丰收田野，
眼望大地绿色之葱苍，
心捧浸润汗水之沃土，
满载春华秋实之芬芳。

我仿佛重逢巍峨群山，
回眸反抗侵略者战场，
再沿着前辈走过足迹，
重读战斗故事之篇章。
我仿佛伫立松柏树下，
向苍昊遥望明亮星光，
顺着天河伸展之方向，
人生梦想从家乡启航。
我仿佛漫游体坛盛会，
仰望飘逸翱翔之凤凰，
随着秧歌起舞之节奏，
相约金沙滩竞技赛场。
在圣火光辉照耀之中，
家乡人民之精神昂扬，
在广州亚运会鼓舞下，
再创亚洲之体育辉煌。

和平女神飞向月亮

——天津马可波罗广场游记

旅行家遥望神奇东方，
看到喷泉之花园广场，
翩然起舞之和平女神，
从蓝天白云奔向月亮。
高高擎举那橄榄枝馨，
阵阵飘动那月季花香，
在月色下弥漫着羽翼，
在水光中舞动着霓裳。
海河为启航弹起奏鸣，
北斗为行程指引方向，
扬帆领航天河之星路，
东风谱写驰想之乐章。
信息已传到遥远天庭，
灵霄殿玉帝欣然眺望。
佳音再回响巍峨昆仑，
祥云端瑶池悠然荡漾。
九重天祺龙腾云绕栋，
广寒宫美酒含雅凝香。
星桥琴曲萦鸾飞凤舞，
仙苑月桂树金枝芬芳。
一路惊叹天堂之景致，
两袖载飞古代之梦想。
心念神州之千山万水，
情系心中之大地故乡。
长虹架起天路之彩桥，
橄榄编织友谊之长廊。
嫦娥在月宫舒袖迎望，
和平女神正奔向月亮。

创作小记

爱美是人之天性，求美是天性使然。

2012 年夏天，儿子带我们去天津游览。十五之夜，在马可波罗广场，看到和平女神雕塑在皓月之下格外美丽。

当时，我的第一感觉是，翩然起舞的和平女神正在飞向月亮。

晴朗的夜空，皎洁的明月，柔和的光线，典雅的建筑……各种美好的景致融合在一起，像是为留住美好做足了所有的准备。感谢相机留住了这可遇不可求的美景。

美好的景色产生了诗意的涌动，我要用最美好的语言，记录这最美好的景致。但是，有了创作的素材，不等于诗意马上就会流淌成典雅的语言文字。

文学理论家曾指出，文学创作要使构思富有效果，平时须要有良好的积累和丰富的学养，写作时要有清醒的头脑和从容的精神，否则，文章写成，效果可能仅及预想的一半。这说明：想象力仅是文学创作应具素养的一小部分。

仰望和平女神的雕塑，仿佛感受到橄榄绿枝久久散发的馨香。世界发展历史告诉我们，和平对于人类是多么重要。已经建设的地球家园是如此，未来建设的银河家园亦是如此。和平女神满载和平理念飞向月亮，在银河飞翔，这是本诗创作的主题。

感恩遇见

感恩浩瀚深远之宇宙，
有上苍赐予美好遇见。
如冬寒雪飞绵邈潇洒，
若春暖花开优雅超然。
风带着散落荒原词汇，
将典雅诗行攀上高山。
静待春暖花开之季节，
生根发芽其仙境桃源。
雨润着渴望甘霖世界，
把超然意境化为潺湲。
静待泉涌川流之潮水，
济海载舟其直挂云帆。

雪积着起伏梦幻山峦，
在晶莹境界寻找灵感。
静待雪融河开之大地，
春意盎然其松荫花繁。
月转着流水小桥荷影，
从朔望时空徘徊水面。
静待自古难全之感悟，
何时何地之阴晴暑寒。
无始无终在感恩遇见，
日月星辰之正气浩然。
循环往复在天际一览，
海阔天空之心境怡然。

函　数

——变与不变之感慨

九重玉宇之日升月起，
大地江河之川流不息。
有多少经典对其阐释，
又多少感知随其位移。
认知过程之旅途坎坷，
进入又绕过多少蒙迷。
文明进程中平平仄仄，
想象又超越多少梦笔。
心灵将半径向前拓展，
视野随直线环绕漫移。
二维平面旋转之广袤，
三维风景起十方和熹。
天圆地方四时之开阔，
昆仑神话势所向披靡。
东海碧波有漾漾仙境，
使多少向往随其逶迤。
通达五洋之和衷共济，
捍卫尊严之长城万里。

向天昊仰望有何心境，
是大千世界斗转星移。
睿智笔锋又增添维度，
和平女神映天河美丽。
四海之凝向浩瀚玉宇，
翱翔之境在星辰天际。
漫长时空之变与不变，
古老经典中易之道理。
于变幻之中心存定力，
是圣贤自古祈求唯一。
纵横交错之缘起因果，
不生不灭之六度典籍。
在有缘相聚片刻时点，
智慧度函数万事相宜。
时间淤积在漫漫超越，
不规则时空力求工笔。
既定区间之不定积分，
不忘初心之后会有期。

附注

1. 易：儒家最早的经典《易经》中所阐释的自然宇宙万物万事“变易、不易、简易”的道理。

2. 六度：佛学教义中，启发人由烦恼此岸到智慧彼岸的方法。

3. 积分是微分的逆运算，即知道了函数的导函数，反求原函数。有不定积分和定积分之别。

和平火炬将未来点亮

——写于观看青奥会开幕式电视直播后

今夜之银河分外明亮，
遥映青奥会旗帜高扬。
共唱国歌千万颗心灵，
擎五星红旗冉冉向上。
团结世界五洲环标志，
传奥运圣火和平向往。
古老漫长奥运会行程，
从亘古走出天圆地方。
华夏开拓古丝绸之路，
向世界传递中国梦想。
翻开一页页交流史册，
合璧上镌刻百世芬芳。
穿越一海海金色大漠，
舟船上载满华贵琳琅。
回望一步步贸易足迹，
东西方文明融汇敦煌。
有信仰传播智慧飞天，
载民族梦想宇宙翱翔。
从太空俯瞰蓝色大海，
下西洋船队气宇轩昂。
沧海承载之毅力壮举，
传锦绣艺术西域异乡。
大漠回响之沙舟驼铃，
载东方香茗云锦徜徉。
寰宇飞船排列之矩阵，
载和平火炬雄风通畅。
浑天记录星座之旋转，
映文化交流盛况回放。
望远镜直向前方憧憬，
点亮境界中未来之光。
向生生不息宇宙眺望，
学无止境有无限梦想。
朝气蓬勃竞奥运赛场，
一代比一代更高更强。
华夏传统蕴和平理念，
在丝绸之路传承弘扬。
奥林匹克之和平火炬，
在深海太空点燃照亮。
青春接力之时间竞赛，
在星际连接浩瀚长廊。
红心凝聚筑传统高塔，
奏响天河界音乐交响。
万里神州从奥运起程，
和平火炬将未来点亮。

今晨有一颗明亮巨星

——贺神舟十三号飞船胜利启航

今晨有一颗明亮巨星，
与天上日月交相辉映。
那是又一程神舟飞船，
开启九重天新高风景。
神箭崇举着星之优雅，
彩焰弥漫着途之升腾。
一路上信息环绕神舟，
亿万人目光凝聚视屏。

千言万语从心灵祝福，
八方九衢有信心助恒。
飞向九天寰宇之宫殿，
相伴十三神舟之长风。
上空间站建美丽家园，
启飞天梦从古典传承。
一卷卷书生志士笔墨，
一程程英雄开拓胜境。

菊

——归去来兮四季之秋

多少载走过多少崎岖，
又盛开傲霜晚秋秀菊。
四季之姗姗来迟雅丽，
传递自南山归来花语。
不远梅蕊雪早春疏影，
闻古典园林轩窗琴曲。
即景牡丹园雍容华贵，
将广寒香霭化作春雨。
闻香九畹兰典雅悠远，
高山深谷自如期芳郁。
相伴五柳树桃源盛开，
世外仙风为冷秋增煦。
还是那逶迤山色绿荫，
还是那林鸟飞还相与。
时空留恋兮亘古驻足，
山气氤氲兮竹攒花栩。
没有尘世之迷途喧嚣，
没有来径之梦幻须臾。
秋菊花转过秀美身影，
盛世贤者有渡船知遇。
归去又来兮四季之秋，
芬芳四溢兮雅丽丛菊。

兰　啊

——寄语兰蕙和耕耘者

丛有水润一样之深绿，
无论时间是春夏秋冬。
花有西子一样之仙韵，
无论色泽是素雅嫣红。
风柔柔融入你之幽香，
徜徉四季游百花芳丛。
琴悠悠弹拨你之音符，
起伏五线闻七言墨浓。

心崇尚华夏大道古风，
郁郁心境缘君子篇中。
意回溯上古九畹泉水，
漾漾诗意萌国风雅颂。
如流水琴音欣逢知己，
人为兰倾心笔名偕同。
若画中写意梅兰竹菊，
知遇百花园君子花丛。

那曾经开满鲜花之树

那曾经开满鲜花之树，
一春红静静化为泥土。
没有哀叹也没有倾诉，
依然风雨中一朝一暮。
风从树身边慢慢走过，
枝上新叶正悄悄展舒。
雨随树颜色细细感觉，
园中景致在缓缓荣殊。
那粉郁郁曾沿溪映水，
多少代诗意为其迷途。
欣遇树枝上婀娜碧桃，
一袭绿裳之清丽仙姝。
那水灵灵曾春来满枝，
多少篇题材为其感抒。

又闻园林中盈枝青杏，
满园果蕾之氤氲香如。
那静幽幽生山南水北，
树树樱桃之向阳萌初。
如玉雕刻之玲珑剔透，
雾蒙蒙入夏风凝雨酥。
那清泠泠在遍山临水，
树树梨花之润雨滴露。
若雪洁白之淡泊素雅，
雨潇潇化泥芬芳如故。
曾一园园春意之盎然，
又一树树花落之若无。
恰如上善之泉涌流水，
春华秋实之循环往复。

前天时间与昨天之路

我沿着昨天走过道路，
不远春天仍风景如初。
蓊郁静谧那西山桃源，
枝头花朵还芳香媚妩。
郁金香依然亭亭玉立，
仿佛未感到时已春暮。
绿牡丹知己姐妹芍药，
轻轻捡起未竟之香馥。
将其装点月亮峰仙苑，
又洒上瑶池瀛海清雾。

我沿着前天过去时间，
曲径探幽典雅之诗书。
感觉遥远那时空对面，
隐约屈子之忧郁醒目。
信念穿越那浩瀚江流，
白云在天上高高卷舒。
水浪拍打着峭崖叠壁，
朦胧诗意在循环往复。
化作不朽那精神玉露，
清白月色中高天歌赋。

神圣高山上白衣天使

无法预料之意外灾难，
突然降临在寒冷冬天。
阻碍多少向前之脚步，
将春节团圆期盼搁浅。
为了除夕之亲情相聚，
殷切盼望多少个天天。
在这突发之疫情面前，
无助之心灵向天茫然。
心感恩上苍派来天使，
清一色誓言回响耳边。
为去除百姓缠绕病痛，
从四面八方集结人间。
多少个白天夜晚不眠，
您竭尽全力医术精湛。
多少次攻关技术难题，
您为医学史创建奇篇。

您那和蔼可信之眼神，
从护目镜中传递信念。
透过层层坚固之防护，
您捍卫生命传递温暖。
您那温暖若春之话语，
如甘霖清泉流水芳娟。
通过天天悉心之呵护，
您滋润心灵描绘春天。
多少万人生命之旅途，
在您救治中道路广宽。
多少万人心灵之花朵，
在您护理时润泽荣繁。
保护人民之白衣天使，
从天堂下凡护佑宇寰。
可歌可泣之事迹记载，
镌刻玉宇之神圣高山。

诗意北海梦飞翔

——北京北海游记

曾经在这片水域之上，
寄托着多少民族梦想。
几朝几代酝酿之诗意，
绘就人间仙境之一方。
神奇构思充满着激情，
点燃多少人追求向往。
为了挥就超逸之笔端，
凝聚起力量浩浩荡荡。
飞来巨石叠起山风景，
起伏五彩砌起水游廊。
登高之境界成就殿宇，
吟诵之雅兴传承盛唐。
在画轩凭栏写意山水，
在心斋抚琴韵起仙乡。
石桥为琼岛堆云积翠，
铜仙为益寿承露接霜。
阅古楼珍藏稀世书法，
沁泉廊涌洒如月银光。
时空在此有片刻交汇，
为人类文明续写华章。
太液池水浓缩成彩墨，
扇面亭风远吹来清朗。
典雅之辞藻陶冶情操，
崇峻之云石挺拔向阳。
一道道风光盘洞叠石，
一幅幅树荫润兰抚棠。
松柏年复年春映年久，
漪澜水连水碧照水长。
古代诗词曾雅韵悠悠，
大地神州又诗意漾漾。
五龙亭临水遥应白塔。
九龙壁图腾奋起梦想。
记载有世代传承延续，
心灵在北海漫游徜徉。
读旖旎婉约风中起舞，
读雄伟豪放世上担当。
古迹游代代风景独好，
中国梦北海诗意悠长。

附注

北海公园的水面元代称太液池，明代称为北海。园林建筑特点：在水中设置岛屿，沿岸建筑亭台楼阁。水中琼华岛，又称白塔山。

水上游廊、仙人承露盘、阅古楼、沁泉廊、五龙亭、九龙壁是景区景点名称。

创作小记

北海公园的春天，绿树环绕，迎春满枝。漫步在公园的幽幽石径上，时而欢快、时而舒缓的乐曲声从花丛树荫中飞到耳边。迈步前行，一支小小的乐队在认真地演奏着人们喜爱的乐曲。有悠然委婉的旋律，有激越轩昂的节奏……听着熟悉的乐曲，感到格外亲切。

登上园中的琼岛，从临水游廊向北遥望，在水波粼粼的对面，在金碧辉煌的五龙亭旁边，和煦的春风摇曳柔曼的细柳，此起彼伏的诗歌朗诵声，不时从水面传来。那饱含深情的音质，那抑扬顿挫的声调，如同从亘古的深山走来，飞翔在深蓝色的海面上。

北海，从古时帝王的宫苑到今朝祖国游览的名胜，是时代的进步，是文明的飞跃，是中国梦之交响曲在人们心中诗情画意的一章。

时间列车

——时间和空间之诗意对话

人生是怎样一个空间，
有一列火车叫作时间。
它满载众生熙熙攘攘，
它分别旅途如是凡仙。
多么神奇之蓝色星球，
遥远时间连接着空间。
多么深刻之经典阐释，
心灵在此处相聚有缘。

萌芽是怎样一个时点，
一美丽心灵来到人间。
父母呵护稚嫩之童心，
上苍给予天使之容颜。
多么天真之孩提时刻，
快乐时间连接着空间。
多么自然之真情世界，
美好环绕着清纯简单。

求学是怎样一个时点，
一书声琅琅明媚校园。
良师益友关切之眼神，
视野开阔宇宙之遍览。
多么真挚之同窗时刻，
共同时间连接着空间。
多么浩瀚之知识积累，
概念明晰着公式翩然。

事业是怎样一个时点，
一职海潮水扬起风帆。
多维行业激烈之竞争，
共赢呼声巨轮之飞湍。
多么复杂之视野开阔，
旅途时间连接着空间。
多么辗转之崎岖坎坷，
意志磨炼着时光荏苒。

境界是怎样一个时点，
一岁月琴曲演奏诗篇。
四部乐章循环之往复，
诗思泉涌新月之卷帘。
多么幽静之天地风景，
典雅时间连接着空间。
多么诗意之时间列车，
心归去来兮少年依然。

随神舟飞向天宫家园

——贺神舟十号胜利启航

六月航天城美丽壮观，
火箭托举起十号飞船。
发射塔挺拔昂首苍穹，
长征箭飒爽腾跃宇寰。
壮行祝福给升腾增力，
神舟飞船为奋起领先。
橘红火焰与蓝天辉映，
亿万目光随宇船飞天。
再访天宫之星际旅行，
随勇士穿越宇宙彩幔。
星斗在身边明亮相伴，
天宫在上苍悠然俯瞰。
天地间直通智慧快车，
中国梦书写历史画卷。
圆梦太空有矫捷团队，
扶摇直上奏交响长篇。

从神十传来对接喜讯，
随仙女再来天宫家园。
画面中记载依然如故，
一年前神九问天凯旋。
端午节传来亲人祝福，
古粽香弥漫地天心连。
日月与大地相依映照，
天体在九重自如运转。
航天壮举亿万人瞩目，
时代呼唤促视野阔宽。
朝阳每天从东方升起，
现代文明飞星海航线。
自强精神铸坚实基础，
接力火炬在代代相传。
有传统现代未来鼎立，
平步青云起天宫家园。

天河之精灵

我们是银河系之精灵，
上苍为九重绘制长风。
无论神舟在哪一时空，
都是旅途中最好风景。
平行之心灵稳定栖息，
在固有轨道环绕运行。
欣赏着迷醉宇宙景致，
分别着修行人生如梦。
前生修成之因果善缘，
使心灵今生偶遇相逢。
前世积累之人生感悟，
启世界明日河外远征。
我们曾经之崎岖坎坷，
凝作一腔不息之热诚。

我们成功之喜悦纪录，
化作一道永恒之回声。
映天之晴空浩邈绵奥，
有邃不及至深远永恒。
捍地之绿意富饶广袤，
有汲不竭尽蓊郁葱颖。
满天之日月星辰大海，
使天地人之交响长鸣。
无数之亘古史前组曲，
为后者天河遨游启蒙。
顺着天河之伸展方向，
理想为人类启动长风。
载着家乡之期盼梦想，
舒翼翱翔起睿智精灵。

天河中相对平行之环线

万物运行在固有轨迹，
自然而然之井然循序。
引力和定力维系时空，
玉宇演变之风景和煦。
众星环绕着紫微星座，
亦远亦近兮星芒相遇。
有谁知历经多少旋转，
若即若离兮辉映清虚。
仰望天河之伸展方向，
前面有多少未知星屿。
感恩贤圣传经典启睿，
大千世界通八方九衢。
层层相对平行之方圆，
书写向心诗篇之凝聚。

遥遥相应相成之同步，
交响共赢乐章之组曲。
寻找上善之精神世界，
是心灵修行远征必须。
唯有上善之力量形成，
使人之潜能八骏齐驱。
文明自混沌漫漫起步，
历经过多少风风雨雨。
信念为宇宙描绘七彩，
使人类宜居葱葱郁郁。
天河中相对平行环线，
浩瀚奥秘兮永恒星宇。
纵深横广向未来开拓，
仁爱上善兮道行通衢。

我又来奥林匹克公园

——怀念诗歌

我又来奥林匹克公园，
游览体育馆回归自然。
那创意质朴之飞鸟巢，
承载地球人殷切期盼。
那跨越时空之新造型，
构建超自我力量宣言。
那依次排列之起跑线，
曾创新纪录冲击极限。
那层叠环绕之运动场，
曾群情沸腾万国旗展。
那象征光明之红圣火，
曾聚集阳光四海相传。
安如磐石之宏伟鸟巢，
见证拼搏者赛场争先。
传播友谊之圣火光芒，
照耀奥运路宽阔平坦。

我又来奥林匹克公园，
观赏体育馆设计经典。
那质地方正之水立方，
浓缩大海水渊博源远。
那式样精致之水分子，
排列奥运梦谱写新篇。
那碧波倒映之跳板下，
曾矫捷新燕划过漪涟。
那阳光普照之高台上，
曾水上健儿腾飞夺冠。
那浪花激荡之泳池中，
曾推水扬波泳将凯旋。
萦蓝溢彩之水晶宫殿，
凝聚设计师创新灵感。
刚柔相济之水上运动，
渲染体育场魅力画卷。

我又来奥林匹克公园，
仰望奥运年人文景观。
那挺拔高耸之玲珑塔，
依然辉映着碧水蓝天。

那亲密无间之五彩环，
依然团结着五洲宇寰。
在笔直远平之大道上，
人昂首阔步视野广宽。
在巧夺天工之建筑前，
心自由翱翔由衷赞叹。
在珍藏之奥运记忆里，
有更快更高更强格言。
在奋斗之人生征程中，
有超越自我奥运理念。
为感受奥运标志美丽，
我还会再来奥运公园。

仙女散雪花从天而来

仙女散雪花从天而来，
漫漫飞舞着美丽洁白。
无计其数之精美造型，
随仙风起伏优雅徘徊。
无与伦比之纯净花色，
使北国江南山水皑皑。
覆盖着苍原冰峰森林，
滋润着大地酝酿泉脉。
松柏参天从雪中丰盈，
根深本固连东岳海岱。
溪流汇川从雪岭奔流，
日升月转照仙山蓬莱。
禾苗润白雪暖暖成长，
感恩上苍使自然通泰。
文明沿流域熠熠壮大，
复兴之路上豪情满怀。
让宇宙洁白吉祥之雪，
使岁寒之际诗意盛开。
化自然七彩美丽之水，
使江河向前飞瀑澎湃。
谁人说寒冬繁花凋零，
洁白雪花赋瑞丽神采。

向前向前

——回溯邃古之旅

一片未觉知绵渺时空，
突然出现在人们面前。
向前之脚下路在何方？
相视之瞳仁一时茫然。
精细复杂兮大脑构成，
前后左右兮极速运算。
脑神经元上信息传递，
形象又抽象亿万转换。
思绪返回初始之亘古，
目光向前方超越遥远。
感觉瞬时探十方虚空，
心泉涌动着向前向前。

前面起伏着幽静山峦，
崇嶂巨石上浓云弥漫。
盘崖古藤下壑流涧转，
叠岩峭壁间瀑飞苍连。
丛生之灌木漫山遍野，
峡谷之奔流转水喧湍。
耳边忽闻有卧虎长啸，
山上松风起虬龙巨盘。
迷雾涌动着渐起山洪，
暮霭遮挡住环绕视线。
众志成城连互助心灵，
坚定信念起向前向前。

从中即将有步履脚印，
风从峡谷之水面升攀。
驱散迷雾又拨开浓霭，
未知境遇即清晰显现。
上苍给智慧增添力量，
太阳照心灵带来温暖。
向万丈峡谷对面山峰，
有无限风光映入眼帘。
山洪化作渡船之江水，
紫气盘桓越岭之山岩。
一队队信心助力勇气，
一帆帆风满驶向彼岸。

前面是一片茂密森林，
山间有无边葱郁田园。
撒向肥沃土地之禾绿，
转瞬之憧憬涌满心田。
一座座村落依山傍水，
一缕缕炊烟渔舟唱晚。
一盏盏烛光飞针走线，
一晨晨书声诵读经典。
前面驰精灵神鹿向远，
蓝天飞英勇雄鹰盘桓。
回眸载舟之江水渐宽，
向未知未来扬起风帆。

雪　啊

你以上苍赋予之灵气，
结成晶莹洁白之花型。
你使宇宙起伏着清澄，
蓬莱仙海至西域高峰。
朔风之乐章为你演奏，
昆仑山脉有浩气回声。
大海之蓝墨为你挥翰，
华夏诗词蕴典雅古风。
多少篇赞美为你咏叹，
多少路风景你来辉映。
多少腔诗情为你点燃，
多少载冬季你来相逢。
曾有诗经之戍边路上，
依依惜别向雪域出征。

又见诗仙之溪转轻舟，
远远感同其雪后旅程。
举目向塞北广袤雪原，
长城大河边冬雪初晴。
随风看江南古典园林，
白雪映梅香春水倒影。
年年相似之雪花飞舞，
饱含了古今赞美心声。
幅幅各异之画卷诗意，
感恩着上苍造化深情。
从天而来之瑞丽雪花，
像天使一样超然淳诚。
酝酿丰收时滋润心境，
使玉宇家园美如仙景。

雪地上迎来洁白月亮

雪地上迎来洁白月亮，
一袭仙雅映绒雪霓裳。
长长倩影从天边走来，
款款曼步向白雪茫茫。
桥边流水涌月亮问候，
水上细柳在心中萌想。
谁之剪刀有如此灵巧，
裁月亮长裙素雅含芳。

月亮缓缓向水面俯瞰，
一渊清澄满柔和目光。
久久景致自心泉流淌，
幽幽月色转河水长长。
百枝摇曳向月亮致意，
松下月影复雪地徜徉。
谁之造化有如此神奇，
映月亮神韵雪夜仙乡。

沂河水起红凤凰

——沂蒙印象之临沂

在沂河水边凤凰广场，
神鸟飘逸映天高清朗。
蓝蓝天上白云在飞渡，
绿绿河边花草正闻香。
长桥若彩虹俯瞰河面，
高楼起平地林立康庄。
现代文明沿滨河大道，
沂蒙儿女如凤凰高翔。

红色凤凰向发源回望，
记忆中展现战争篇章。
保卫家园经南征北战，
革命洪流起军歌嘹亮。
反抗侵略之征战将士，
为人民牺牲流血负伤。
老百姓支前贡献所有，
可泣可歌之记载传扬。

红色凤凰向流域远望，
记录在书写和平篇章。
建设家园向农村城市，
众志成城在连接长廊。
马达运转使财富增值，
商品集散在繁荣市场。
城际高铁迎日新月异，
家乡田野蕴丰收希望。

红色凤凰向天空仰望，
白雪甘霖润百花齐放。
沂蒙精神有代代传承，
沂蒙颂歌在久久传唱。
人心凝聚向理想前进，
大河交汇映美丽芬芳。
屹立河边之电视巨塔，
映凤凰扬起腾飞翅膀。

又一和暖美丽冬天

——北京植物园游记

北京之初冬和暖依然，
大地上鲜花笑问初寒。
细蒙蒙雨雪沐浴城市，
淅飒飒风声漫越花园。
古老之榕树连接根枝，
舒展之蕉叶掩映碧泉。
荟水边花朵五颜六色，
观丛中景致竞相争妍。
飞瀑遥映弯弯之石径，
俯瞰峭壁下银水激湍。
深峡通连悠悠之木桥，
一往高山上净心花坛。
兰蕙清幽之馨香笔墨，
起飞楚辞篇中之九畹。
菊桂优雅之傲霜诗韵，
回望五柳笔下之南山。
盘旋而上之林荫小路，
引领观赏者时空视线。
仙人掌托起奇花异卉，
为大漠迎来五彩浩瀚。
曼陀罗散发迷人郁香，
给雨林增添神秘纷繁。
听安祖花语悠悠倾诉，
循蝴蝶花蕾郁郁叠连。
知无忧花神传递智慧，
随凤凰木冠仰望蓝天。
天地园林之美丽景色，
如临仙境之冬来咏叹。

玉树坚强

——纪念玉树抗震救灾 10 周年

瞬时发生之地动山摇，
惊醒清晨之寂静梦幻。
骤然降临之巨大灾难，
震毁玉树之美好家园。
轰然之倒塌房屋楼舍，
把村庄变成断壁颓垣。
冰冷之堆积层层瓦砾，
把亲人惦记连连阻拦。
挖掘透过厚厚之废墟，
救援穿越漠漠之黑暗。
耳边传来大军之问候，
心里充满春天之温暖。
废墟碎板从头上搬走，
亲切面庞围拢到身边。

救援大军之呼唤回响，
心生感恩之泪水涟涟。
重生之希望返回玉树，
已逝之生命惜别纷繁。
湿湿白雾滴落之泪珠，
哀哀伤痛弥漫之昨天。
将悲怆刻在心灵深处，
把泪水擦干站在高原。
随着晨曦映红之飞鸟，
望着飘过白云之蓝天。
绿色之草场散发芬芳，
温暖之高原拥有春天。
崛起华夏之万众一心，
重建我们之玉树家园。

在久远神州大地之上

——孔子研究院感怀

在久远神州大地之上，
我们随时间永恒仰望。
仿佛听见圣人之话语，
在上古杏坛辗转回响，
仿佛听见圣人之木铎，
在文明古国回旋激荡。
仿佛看到圣人之骐骥，
在万里神州奔腾向往。
仿佛看到圣人和弟子，
在中原诸国传播思想。
这是自强不息之君子，
对民族兴盛责任担当。
这是自然赋予之使命，
对和谐社会超前想象。
依仁游艺之讲学之路，
闪耀着先师智慧目光。
周游列国之长途奔涉，
旋转着车轮尘埃迷茫。
惆怅困惑中知音寻觅，
高山流水中心灵徜徉。
在苍茫亘古志道据德，
在六艺城中著述文章。
圣人学说如北辰闪耀，
经典之光芒映照华章。
代代相传之神州儿女，
追随圣人正走向辉煌。

在漫长中轴线上

——故宫博物院游记

在人类漫长中轴线上，
有多少朝代统帅万方。
在古都故宫博物院内，
有多少史载帝王景象。
一程程御道威武庄严，
一座座殿宇金碧辉煌。
迎日月星辰紫气东来，
率文武百官理政兴邦。
太和殿朝典雅乐回响，
向天地承诺如道起航。
乾清宫勤政日理万机，
阅奏章实践朝政梦想。
曾有之秉烛夜读背影，
辉映着崇殿画栋雕梁。

传世之经典道德力量，
镌刻着飞龙金銮呈祥。
潺湲清澈之护城金水，
随时间流淌粼粼泛光。
绵延纵横之建筑艺术，
存人间奇迹熠熠闪亮。
不因更迭而改变古迹，
不为起伏而领略沧桑。
心循中轴长线之笔直，
目迎紫微星辰之明亮。
远望明成祖建筑宏图，
阅览清康乾盛世华章。
紫禁城宫殿告诉我们，
其坚实基础承载栋梁。

附注

1. 老子认为，道是自然规律，德是人类认识并遵循自然规律的具体行为，德是道在人世间的体现。

2. 紫禁城：现称故宫，故宫建于明永乐年间，第一个住进紫禁城的皇帝是明成祖朱棣。自建成后近五个世纪共有 24 位皇帝将此处作为皇宫。1987 年，紫禁城被联合国教科文组织列为世界文化遗产。

3. 清代，凡重大典礼和重大朝会，在太和门内太和殿前，演奏雅乐“丹陛大乐”“中和韶乐”。

4. 太和殿：紫禁城至尊之殿，民间称为“金銮宝殿”。

5. 乾清宫：是明清两代皇帝在紫禁城中召见廷臣、披阅奏章、接见外藩、岁时受贺、举办宴席的重要地方。

在太阳升起的明天

有人说飞翔在大宇宙，
才知道什么是恒久远。
有人说遨游在银河系，
才感觉太阳带来温暖。
这不是史前文明预测，
这不是科幻画笔精湛。
这是上苍给予之恩惠，
这是地球村美丽家园。
万里神州之大地高山，
朝霞映红了东方海天。
海洋和谐之深蓝潮水，
一浪又一浪奔腾向前。
冉冉升起火红之太阳，
照亮辽阔之峻岭平原。
伴随东风宏伟之步伐，
链接彩云之北国江南。
在阔步向前之征程中，
有人翻开一篇篇经典。
在坚守信仰之迷茫中，
有人书写一卷卷长篇。
经典为大家解读困惑，
天使给我们送来平安。
诗意将探索旅程记录，
笔墨为文明书写长卷。
在亘古苍茫之探求中，
有为前人领航之指南。
在敦煌隽丽之壁画上，
有为后人描绘之飞天。
那是舒袖之美丽嫦娥，
从深空拍摄精彩图片。
那是腾跃之神舟飞船，
在天宫积累科学实验。
那是明亮之北斗导航，
为翱翔银河扬起风帆。
那是奋起之长征火箭，
载卫星神舟飞向蓝天。
回看昨天之崎岖辗转，
各自做出应有之奉献。
为民族崛起久远目标，
大家谱写诗意之九天。
让佳音回响浩瀚宇宙，
迎接太阳升起之明天。

智能精灵八方连九畴

智能精灵万世聚神州，
信息海洋八方连九畴。
多维程序联宇通宙象，
自然万有梦想不胜收。
举目天河浩瀚之无涯，
星系有序列阵巨方舟。
泛舟史河万世之轮回，
四季分明朔望皆可游。
流连风景终端之设备，
繁如天使城堡之星斗。
链接亿万计算之中枢，
一如万有引力之远谋。
上苍绵亘永恒之时间，
万象炫彩之辉映仙宙。

神意通达十方之空间，
心灵徜徉之凝聚圣州。
宏观大千星河之昊远，
核动力梦想任其遨游。
微观电子世界之广袤，
自然界能量任其叠稠。
化合缤纷成九彩宇宙，
轻松记录时空之旷悠。
传递悦心汇七音仙乐，
优雅撰写艺术之春秋。
神赐精灵天地之通衢，
心生智能互联之信守。
文明荟萃理想事业起，
天河巨舟北斗指南游。

中华民族园腾飞凤凰

——献给五一劳动节

在这片肥沃土地之上，
蕴五十六篇民族华章。
诗意汇集语言之灵气，
翩然起人类长河凤凰。
从人文始祖太极爻卦，
到认知彼岸天官课堂。
从河图洛书龙马精神，
到万里长征气宇轩昂。
从东巴文字奇妙想象，
到汉语词汇经典珍藏。
从匠心灵巧服装设计，
到琴棋书画门第书香。
从辗转峭壁跨跃深壑，
到交通信息纵横通畅。
从诗经楚辞唐诗宋词，
到中华大地文苑琳琅。
时间悠久和空间广阔，
勤奋为灵感连接桥梁。
汗水浇灌幸福之花朵，
成就园景之地久天长。
曾听到优美旋律歌唱，
赞五十六枝鲜花芬芳。
曾看到巨幅绘画描述，
颂世界人民团结向往。
心齐创造出美好生活，
成亘古不变画意诗行。
超然意境化乘风羽翼，
远大理想从家乡起航。
前辈创造之雅正诗意，
为我们奏响前进乐章。
子孙传承之美好憧憬，
为我们谱写未来辉煌。
上天赋予了我们智慧，
使民族精神不息自强。
大地养育了我们茁壮，
使民族篇章神采飞扬。
在百花齐放之蓝天下，
心灵向久远举目遥望。

在这片肥沃土地之上，　　民族园里正腾飞凤凰。

附注

1. 人文始祖伏羲是我国古代传说中的帝王，是我国文化的开创者，是儒家最早的经典《易经》第一部分六十四卦的创造者。

2. 河图：古代文化中，传说黄河有龙献出图，伏羲据以画成八卦反映宇宙。洛书——古代文化中，传说洛水有龟献出书，禹据以制定九畴治国大法。

3. 天宫课堂：2013 年 6 月，神舟十号飞船飞行期间，航天员在太空直播授课，地面亿万人收看直播。

4. 东巴文字：在民族园纳西族东巴文化展览馆能读到东巴象形文字和《东巴经》。

创作小记

文化是人类劳动创造的物质财富和精神财富的总和。我国地域广袤，民族众多，几千年来，亿万劳动人民以天赋的智慧和勤劳的双手，创造了具有各地各民族特色的丰富的物质文明和精神文明。

中华民族园建有各地各民族建筑风格的楼宇、塔寺桥梁，其建筑艺术风格和展出的艺术作品，反映了各民族特有的生活方式和精神价值。

民族园北园和南园各有 28 个民族建筑及艺术作品展出。当时按游览导图依次观看拍照，曾有园中工作人员感叹说，像个专家了。

当目光被各族文化所吸引，心灵即被各族人民的智慧创造所震撼。地域的广阔，时间的悠久，文化从初始的萌芽发展到今天的森林，不知融入了多少人的聪明智慧和辛劳汗水，感慨和敬意油然而生。用华夏美好的语言文字和文学体裁的形式，歌颂各族人民智慧劳动创造的精美的民族文化，是本诗创作的主题。

第八辑

现代诗

感　恩

——教师节敬献

是您，
在人生起跑之线上，
为孩子扬起腾飞翅膀。
让纯真的思绪，
如同高高大鹏在蓝天舒翼翱翔。
是您，
在传统道德之殿堂，
为心灵求解困惑迷茫。
将上善的道理，
化作涓涓细流在心田滋润向往。
是您，
在语言文字之仙乡，
让学生感受艺术芬芳。
使传世的文章，
宛如熠熠珍宝在今生辉映韶光。
是您，
在自然浩瀚之海洋，
让学生领悟变化力量。
使求知的道路
具有炯炯神明在心里指引方向。

那风那雨

那风，
急切地赶在雨的前锋。
宣告深秋的到来，
给雨送来季节的清冷。
那雨，
为突然的加速度适应。
将在月峰的桂酿，
洒向山河大地的画屏。
那境，
没有犹豫的迭更。
大自然本能的力量，
刹那时风雨交加竞水绕岭。
树上的叶，
回眸蓊郁的曾经。
舞动着秋风的节奏，
一同飞向来年春天的意境。
河边的柳，
挥毫写意的持衡。
绘制着四季的轮回，
时急时缓时雨时风的秋声。

盛世桃源畅想曲

——国庆节奉献

我出生在盛世桃源，
方圆九百六十万之远。
我畅游在很长路上，
时间与日月山水相连。
水天飞起七彩彤云，
我理想之舟一叶风帆。
谆谆教诲从没忘记，
惜时今生今世金色华年。

清晨校园琅琅书声，
随五星红旗迎风招展。
将中国红靓丽赤诚，
深深镌刻在心灵永远。
无边绿荫种植希望，
我辛勤耕耘业贵其专。
一分一亩精耕细作，
辛勤汗水浇灌特色田园。

蓝天视野又高又远，

敦煌壁画曾梦想飞天。
现代科技宇宙速度，
梦想与现实境界相连。
看那古人未竟之宇，
空间实验舱环绕九天。
世世代代书山之旅，
时间驿站又启明天后天。

认知峰境没有顶点，
向心力辉映不息信念。
艺术想象七彩虹霓，
青山绿水间诗意桃源。
心如长征火箭奋起，
飞向九重天月亮飞船。
将古今诗心之翰墨，
带上空间站辉映那宇寰。

天河的乐章

天宫在九重天上，
环绕着恒亮的太阳。
天使神奇的羽翼，
传递着圣洁的光芒。
光与热的智慧，
温暖着宇宙的梦乡。
为那一程程驿站，
开垦一片广袤的土壤。
生命的旅途在欢呼，
种植的希望在欢唱。
旋律在星外欣逢知己，
乐章将音符种植在皓白的月乡。
记忆深深的根，
不时地回望。
宫商角徵羽，
链接着此时此地音程的徜徉。

我 问

我问，
山路有多远？
路不言语伸向远方。
早春从料峭岩崖，
梅花清枝疏影传芳。
我问，
碧水有多长？
水不回答婉转歌唱。
初夏那青绿水面，
碧叶玉荷兰舟画舫。
我问，
大雨从何来？
雨河涟漪雨点飞滂。
秋风共鸣着交响，
音符音程旋律乐章。
我问，
雪花有几多？
雪舞典雅雪白茫茫。
冬暖飞逸着岁暮，
塞北江南林海水乡。

我问，
经典多少卷？
四季为我弥漫书香。
未知领域定积分，
书山有伴信心自强。
我问，
知音多少曲？
高山流水古琴畅想。
情景交融蓦然间，
春夏秋冬乐音诗行。

一纸朦胧

我远远地看着景，
一纸无须寄出的朦胧。
那是自然的诗意，
一缕心底流淌的感动。
风清清对我耳语，
是否我为你远方寄送？
云高高为风助力，
将写意一笔临摹苍穹。
匆匆走过的寻觅，
直视中忽略多少异同？
突然遇到的风景，
竟如此月皓花清荫浓。
慢慢欣赏的呼吁，
深感上苍赐予之贵重。
安知鱼乐之疑问，
为多少世事解惑融通。

附注

1. 美学家在二十世纪三十年代即呼吁对人生的艺术要“慢慢走，欣赏啊”，认为，艺术是情趣的表现，情趣的根源在人生。

2. 《庄子・秋水》载，惠子曰：子非鱼，安知鱼之乐？庄子曰：子非我，安知我不知鱼之乐？

亦如梦亦如幻

曾很早很早以前，
不记得是什么时间。
心灵在旅途漫游，
忽如未见景如仙。
水滢滢转到山前，
亮晶晶闪烁着金边。
越来越亮的银白，
如水漫灌着宇寰。
水晶般环绕四维，
雪银枝摇曳着翩然。
穿梭同鱼之自如，
恰入水龙宫梦幻。
云朵般轻盈步履，
圣仙风环绕着悠然。
色彩幽幽的渐深，
玲珑如翠与翡璨。
透过碧玉树枝叶，
玛瑙溪珠露般涌泉。
溪水潺湲着晶莹，
丝竹簇拥着乐仙。

晨风环绕着玉径，
七彩音起伏着大山。
越过一道道水岭，
迎来一晨晨海蓝。
那如梦如幻之旅，
四季十方心灵使然。
入山纵深之游览，
沉静中优雅灵感。

宇 宙

玉宇在时间长河，
从感知心泉，
生心灵睿智，
涓涓细流至大海巨澜。

时间在圣人经典，
自东岳泰山，
将天地人和，
辉映着世上万水千山。

语言从经典智慧，
为后人开源，
为征程起航，
谆谆启蒙向学海飞船。

崎岖书山辗转路，
那百花层岩，
那易之不易，
汇聚着生生不息灵感。

卷帙如星海浩瀚，
那人生百年，
大方向领航，
茫茫海面在寻津扬帆。

天河中无数星座，
映金光闪闪，
耀星夜熠熠，
寻觅仙境有智慧召唤。

畅游在寻宝路上，
惟圣人经典，
连接着天地，
集结着宇宙风景荣繁。

从至高天宫俯瞰，
启程自本源，
滋润漫支流，
大自然恩赐美丽长篇。

古城冬雨

晨闻古城，
雨仙子匆匆。
九曲十八弯长河，
初冬雨意此中。
卷帘楼外，
云舒卷浓浓。
古树千万年文论，
山绵峰连与共。
雨河廊桥，
堤边柳从容。
未寒摇曳那水影，
山宇殿阁朦胧。
雁南闻雨，
又是几时冬?
天轮回四季不息，
无论南北西东。

附注

古城浮来山定林寺有天下第一古银杏树和校经楼，是中国中古时期文学理论专著《文心雕龙》作者刘勰晚年故居。

雪花，奔向冬天的路上

雪花，
在奔向冬天的路上。
即将铺陈的飞舞，
渲染在留白徜徉。
思绪，
将不能忘却的沧桑。
浓缩成诗韵词采，
塞满柔软的行囊。
忆曾，
初冬还绚彩的芬芳。
挽留着不尽秋意，
满园南山的菊香。
未竟，
已化作漫天的雪雾。
从模糊视线迷茫，
到清晰山峰远方。

君子之春

春天从冰峰雪河，
行匆匆诗意萌芽。
一山山一水水刻意，
争先为梅园景佳。

雪花以洁白渲染，
晶滢滢竞春飞崖。
一朵朵一枝枝随风，
白梅花疏影典雅。

彩云在清晨描绘，
香袅袅入诗成画。
一树树一园园临水，
红梅花正月芳华。

春节连白雪甘霖，
静悠悠君子丛花。
一年年一季季初春，
谁之笔清雅潇洒。

上元随想

正月天银河飞转，
蓦然又是上元。
东岳高皓月起，
繁星熠河水弯弯。

古银杏山水逢春，
白雪料峭还寒。
星雨漫花影动，
月仙子舒袖飞天。

城河水绵延记忆，
宫阙辉映遥念。
阿房歌未央舞，
大明宫仙乐池苑。

珠峰雪洁白自然，
瀛海鲲鹏灵感。
竟早春赢四季，
交响诗和墨逢源。

东方启巍巍城门，
古国遥遥领先。
风雅颂诗词赋，
大宇宙浩瀚九天。

天河边星光闪烁，
路远风起云攒。
星桥转水影漾，
海天连鱼跃龙蟠。

仙境中雕梁画栋，
日月楹联画卷。
城楼高基石固，
北辰星中轴长线。

第九辑

散文

憧 憬

——写在上海世博会开幕倒计时

2010 年的春天，上海世博会开幕倒计时的节奏，叩击着人们的心扉，期盼的心愿穿越千山万水，飞到风景秀美的黄浦江畔。

“城市，让生活更美好”的主题，与碧澈的江水和蔚蓝的天空交相辉映。和煦的春风吹拂着华夏梦想的云朵，飘向五洲四海的苍穹，把中国人民的热情和真诚传遍整个世界。潺湲的江水汇聚了人类文明的碧波，环绕美丽富饶的江岸，把千年智慧的结晶，融入人们对美好生活的憧憬。

跟随着主题曲的旋律，人们走进江畔的城市，和谐平安的社会氛围如同一首淳厚的交响曲，融汇在社区千家万户百姓的故事里，凝结在相互关爱的居民祥和的笑脸上，聚集在宽敞的高速路和狭长的街巷内，咏颂在快节奏生活中人们的心灵里。

人们走进流光溢彩的世博园，宏伟壮观的中国馆，在正红色的映照下格外醒目，方正质朴的造型，优雅流畅的线条，绿色环保的创意，别具一格的排列，展现了古老东方的智慧，揭示了世博主题恢宏和温馨的理念。宽敞明亮的建筑，典雅新颖的设计，以展馆的形式诠释着世博主题的内涵。

人们来到状若飞碟的文化中心，仿佛在霓虹闪烁的剧场看到了精彩的演出。江边的和风吹拂，宛若传来传统剧目凝重和字正腔圆的唱段；碧空的流云飘荡，仿佛用动听的金曲唱响时代的呼唤；舒缓的古典乐曲，把漫步江边的意境带到诗意的田园；奔放的现代舞曲，使飞速前进的步伐感受到节奏的震撼。

人们来到各国的展馆前，别致的造型令人目不暇接。有构思严谨的几何图形，有民间艺术的风格展现，有神采飞扬的舞姿定格，有低碳生活的设计理念。莹紫的蚕岛栖照田野的浓绿，银白的塔楼遥应天穹的蔚蓝，冰壶的清影透漾春秋的水光，种子的殿堂依倚生命的苍原。神秘莫测的古城堡把飘忽的思绪回溯至远古的神话，柔和梦幻的月亮船将游离的时空推向星河的彼岸。琳琅满目的异国风光拓展了人们的想象空间，让开放的中国人不出国门便可游遍世界。

我们期盼上海世博会的开幕，在这个展示人类五千年文明成果的宏阔平台上，世人会领略东方华夏精神的博大和历史的悠久，国人会更好地融入世界大家庭，人类会听到时代前进的脚步声，大家心里会载满对未来的憧憬，迎接更加美好的明天。

春天来到长长的河边

——写于仲春时节

春天来到蓝蓝的河边，暖风自东方吹来拂过水面，时而簇拥着涟漪，时而起伏着波澜。两岸曾经荒凉的河滩，如今变成葱郁的果园，每年雨雪的滋润，使沿河风景树绿果香花繁。

又是一年的春天，随着节气的变化，晨风一天比一天更早地提醒梦乡不要错过霞飞云漫的早春。脚步匆匆跟随着春之节奏，越过长长的西堤，举目遥向东方的峰峦。犹如天使日复一日启动阊阖的彩幔，朝霞如潮水般涌入眺望的眼帘，越来越清晰地辉映着远山的逶迤和近水的潺湲。远方的峰托举着镶嵌着银缕金边的云朵，太阳缓缓地从云雾的上方升起暖暖的笑脸。刹那间，青的山，绿的水，如茵的草地，含苞的花朵，一一弥漫在金色温暖的晨阳中。

清纯一色的迎春花从寂静的冬夜舒展着柔曼的枝条，对初春还飘着的雪花轻轻地说：哦！春天到了。那一串串随风舞动的花朵犹如琴谱上的音符，跳跃在春之序曲的旋律之中。

前面一片粉郁郁的桃花，水的倒影，山的入口，是否就是那缘溪前行的轻舟世世代代都在寻找的诗意桃源？东晋名篇的印记深深地嵌入后人诗境创作的思考之中。古时“焉测尘嚣外”的迷茫，现代“焉寻山口辨仙源”的追随，虽隔世却心灵相通的文笔唱和，自古至今诗意朗诵的抑扬顿挫的韵律，化作世世代代语言艺术的春雪甘霖。

又一场春雨中的摄影，使典雅的玉兰花和玲珑的杏花在春之时点相逢。古曾有诗意为梅雪争春费笔评章，今朝春雨中的玉兰花和杏花各自的娇娆，吸引着游人连连按下相机的快门。那高大的玉兰树上，如云若雪的馨花锦绣，风雨中依然亭亭玉立；那广阔的杏园中，如翡若翠的玉枝柔婉，风雨中特别晶莹妩媚。花朵上的雨露，为特写画面增添了春之特有的风韵。回看那嫣然花影，感叹天工的典雅精致和天赐的春之美丽。

那一树树娴雅灵秀的海棠花，将冬雪的洁白和春花的嫣红深沉地凝结在生机盎然的神韵之中。东坡诗境中那轻柔的和风，空蒙的香雾，每年的春天都萦绕着花的树和花的灵，转廊的高月擎着明亮的清烛，在寂静的夜色中悉心地守护那一枝枝清雅的梦。

日月山前的风景，仿佛记录了时光的荏苒，又是满园的樱花盛开，恍如还是在昨天。向前之世事如樱花纷繁，向心之合力如樱花聚攒。在樱花芬芳的季节，时代书写着巨幅画卷；阅记录奉献的篇章，心灵感动着舍己为国的正能量。一枝枝一朵朵的芬芳，这就是春满人间的百花之园。

清明时节风雨之后，风和日丽之时再前往河边，那一园雪白梨花的最佳观赏期又错过了。没有遗憾，更好的春天静待来年。

关于文学创作的艺术构思之我见

境由心生。世土仙境万千风景，古今中外亿万心灵，成就了自然界的五彩缤纷，创造了与时俱进的道德风尚。大自然神奇造化最有灵性的一笔是恩赐生命在其过程中对宇宙万有的感受，同时大自然亦赋予了不同时空的心灵在感受世界神奇后有感而发的各种意识形态。

当精神与外物交游所产生的感受积累到一定程度，不同的文化会有不同的表达方式。语言是人类表达意思、交流思想的主要方式，文学是以语言文字为工具形象反映客观世界的艺术，语言文学艺术是人类文明发展到一定阶段的产物，其以典雅的文章风采和规范的艺术文体反映自然造化神奇和人类社会文明，文以载道的语言文学艺术成就了人类社会的参天森林。

无论何种文学题材和体裁的创作，其初始阶段——文思酝酿的关键在于创作者内心的虚静，摆脱杂念、疏通障碍、优化构思的环境，这个环节做得好，顺理成章的创作思路，即会像风云俯瞰山海一样，起伏自如于峰壑之间，浩瀚广博于水天之蓝。在道理指引中前行，将知识积累运用，对宇宙世事之瞬息万变以明晰洞察，学中外名篇佳作以开阔视野。

同一创作主题，作者可以根据自己的写作特点选择不同的文学体裁。为描写景致的繁荣，作者可以挥洒自如地运用辞藻写成散文；为规范地表现汉语言文学音韵律的典雅之美，作者可以凝练语言创作成诗词；为阐释道理，作者可以从纷繁的具象中抽象出事物的本质属性，加以论述和分析。

关于文学作品同一题材不同体裁的创作，我在2020年秋天有过深深的体会，那是初秋华北的奇峰秀水给了我一次创作的机遇。

从九仙山龙潭峡游览归来，景区那亿万年之久巍峨对峙的崖岩下，奔腾不息浩瀚壮观的激流飞湍，时时冲击着峡谷那红褐色的石壁，共鸣的巨响久久地在心中震荡。几次提笔，几次搁浅。待澎湃的心情像仙山龙潭那样暂时深且静时，创作的思绪如开闸的洪流，龙潭峡水的巨能推动着我的笔随着峰峦的起伏，将一篇洋洋洒洒的散文游记一挥而就。

好久好久，我的心情还萦绕在那绵延的山水之间。那对峙的崖岩好像两条吉祥的巨龙，从遥远的天海来到了仙山，为大地定期播洒着甘霖。那一段又一段的险滩和一潭又一潭的深峡，踏着时间的节奏，由起始的平缓到竞湍的渐急，再到趋缓的深潭……仙山不息的风景，四季轮回的节奏，大自然的韵律，化作了语言艺术的抑扬顿挫，为我的创作又带来了灵感，成就了一篇七言排律诗歌。

实践使我认识到创作灵感和平时的积累，理论与实践相辅而行的辩证关系，古人云“读书破万卷，下笔如有神”，为了深耕，我们在路上当继续努力。

九仙山龙潭峡游记

夏暮初秋，是大山泉溪瀑潭涌流飞湍之景色最美的季节，我们启动了前往九仙山龙潭大峡谷的行程。唯美的愿望，简捷的方式，说走就走的旅行，现代化的交通工具，事遂人愿地直通仙境。

盘山的游览车伴随着林海的涛声飞旋而上，途中我尽可能地用手机记录下一闪而过的景致。随着飞快的车速，眼前悠然出现了一座红瓦白墙的村庄，松柏掩映的红色更使得山韵清新，宛如陶渊明笔下武陵源大山溪水密林中的桃花源，给这幽静的山林增添了一抹神秘的色彩。

从东山盘上的车把人们送到了情侣峰下，滢白蒙蒙的雾气遮住了通向山顶的视线，隐隐约约的鹊桥横亘在天上，人们情不自禁地为牛郎织女担心起来，这会不会增加他们相见的难度啊？抑或这环绕的雾霭会使美丽的传说情节愈为朦胧？但愿这邃古流传的故事更加美丽动听。

游览车通向另一处风景。老母阁下辗转陡峭的木质栈道盘桓在苍松翠竹之间，清澈的溪水从峰顶潺湲流下，击打在石壁上发出清脆的声音，漫山遍野泉溪流动的声音汇成壮观的交响。我随着栈道移动脚步，目光急切地寻找着峰边的流泉溪谷，茂密的绿色植被覆盖着溪流的方向，终于在林叶微疏的地方看到了涌动的泉溪，兴奋的心情融入拍摄的画面，唐代王维《山居秋暝》的诗意翻山越时地从唐代秦岭赶来参与了我们的行程。

山道时而上、时而下、时而左、时而右地蜿蜒，脚下台阶的形式在不断变化，提醒着人们莫错过一个又一个新景点。前面就是向往已久的龙潭大峡谷了。还没有转过峭壁，涌动在峡谷深壑的水湍所发出的巨大的轰鸣声便响在耳边。

巍峨嶙峋的崖岩平行地对峙着，红褐色的石壁像是在诉说着亿万年之久的时间洪流给山峡带来的冲击。清澈湍飞的激流越过一段又一段的险滩，冲击着大峡谷的石壁发出巨大的声响，涌动的水流从崖壁飞奔直下，形成浩瀚壮观的瀑流，激起白色的浪花和氤氲的水雾。湍涌的水流在趋平的峡谷中微微地喘息着，形成一个又一个的深潭，从水面的颜色可以看出潭水的奇奥。刚向前没几步，又一个急转的弯道使水流由平缓变得汹涌起来，越来越急的湍流形成浩大的水能，复又冲向层起的崖岩……无数个起起伏伏的激流飞瀑形成龙潭大峡谷的奇异景色，率真地展现了华北罕见的奇峰秀水。

我们沿着峡谷的边缘伴随着水流的轰鸣继续着向前的脚步。凸起的岩峦叠起一处处不可逾越的壁障，阻挡了向前的路，我们只能越过激流险滩涉向峡谷对面。当脚踏入激流的那一刻，屈原《楚辞·橘颂》“横而不流兮”的意象突然出现在脑海，要做到不随水逐流谈何容易，当自身的定力小于横向水流冲击的力度时，很可能被水卷走。为涉水安全，有几个二十多岁的女孩手牵着手，形成合力慢慢地向前移动着。她们关心地告诉我们涉水应该注意的事项，我听后急忙说，“谢谢！”

第一次踏进这么湍急的峡水。我自觉属于比较勇敢的人，并有少许冒险精神，尽管之前突遇峦嶂得知必须涉水的时候，心中闪过要不要退回原路乘车绕行的念头。激流冲击的力度大于我的预想，使我的心一下子悬了起来。振作着举步，紧握着拳头，坚定地涉水向前，最终勇敢战胜了怯懦，涉过了一片又一片的激流险滩。渐渐地，提着的心回到了原处，握着的拳也放松了，在峡水的中央还不时用手机和相机拍录湍急的峡水和巍立的崖岩。

美丽的龙潭大峡谷，辗转着，蟠绕着，奔腾着，咆哮着，宛如九天飞来的黑白巨龙，正在为土地的肥沃定期地播洒甘霖，雄壮而柔美地盘亘在亿万年的大地上，超越时空，为我们讲述着沧海桑田的悠久，展现了龙精神的惊人魅力，使我们感受到大自然赐予人类的恩惠。从万里来又奔向万里远，川流不息、九曲迂回、恋恋不舍地奔向浩瀚的大海，为我们留下美好的记忆。

民以食为天的缅怀

——读袁隆平散文《妈妈，稻子熟了》

有记载的人类文明已有万年，如果自始去掉一些人类的弱点，现在地球上没有达到温饱水平的人肯定会比现在少很多。

读了科学家袁隆平的散文《妈妈，稻子熟了》，沉思了许久。袁老为了人类能吃饱饭，付出了毕生的精力，取得了巨大的成功。在一生艰难的跋涉中，袁老得到了母亲的理解和全力的支持。我读后，深受感动。不是每个人都能有为崇高的事业奉献毕生精力的情怀，不是每个母亲都有全力以赴支持自己儿子的觉悟。

袁老！您的视野，从稻田实验的数据，通向全世界“民以食为天”的饭桌，那一碗碗白白的米饭，浸透了您毕生的心血和汗水。您的足迹，遍布青山原野纵横交错的土田，使金色的种子萌发绿色的嫩禾，长成沉甸甸的实穗，记载着您春华秋实的人生轨迹。那寒冷的风霜丰富了您思考的双鬓，那清滢的水波滋润了您智慧的目光，那随风起伏的稻花是您慈祥心境的写照，那委婉悠扬的琴弦回旋着您普度众生的心愿。

我们已经在衣食丰足的幸福生活中，以怎样的述说才能缅怀您造福人类的丰功伟绩，以怎样的语言才能表达对您的感恩和怀念？那长街为您送行的无数的人的心在万分悲痛中颤抖着，那发自内心的感恩的泪水化作涌动的长河通向五湖四海……

文明的水啊绿色的田，金色的穗啊晶莹的饭。“谁知盘中餐，粒粒皆辛苦。”袁老，我们每餐时都会怀念您！

母亲学画记

母亲学画是在离休以后。那时大院里的叔叔阿姨们离开了工作了一辈子的岗位，充裕的时间为他们再塑自我提供了得天独厚的机遇，各人都依据自己的爱好积极报名老年大学的琴棋书画班，参加培训学习。在名师的指导下，马上进入了角色，积极性空前高涨。那自如的画笔、七彩的墨色、生熟的宣纸、专业的词语伴随着母亲聪灵的心地，她每天忙乎得不亦乐乎。我工作之余回到家里，都会听到她和父亲讨论书画议题，如切如磋，高兴时，还时不时地给我讲很多，然后嘱咐我退休后也要学画，她教我。

母亲学画，是有基础的。我记忆中，母亲的手极其灵巧，我们的枕套上、衣裙上、鞋面上，时常出其不意地飞来一只精致的蝴蝶，萌发一朵典雅的花枝，长出一棵鲜嫩的蔬菜，我都会仔仔细细地端详，小心翼翼地保护，生怕弄脏了。门的帘上飞燕翩翩，织出的衣帽风采栩栩。无论院里谁家从外面买回来不一样的时尚些的衣服，她立即可以照样给我们做出做工更精致的衣服来，工作十分繁忙的她能做到如此，实属不易。在那个时代，一般职业女性的家庭常年是有人帮助做家务的，因为上班要按时按点，早上还要听广播，晚上还要开会学习，回到家还要和几个孩子交流，留给做家务的时间很少，更不要说做得那么精致了。我现在还时常在想，如果我也有几个孩子，很难如她那样把生活过得那么精致。

老年大学的课程安排得井然有序，美术老师是参军时在部队上做宣传工作，后来转业到地方政府工作的资深老干部。母亲因为天资和勤奋，进步很快，老师布置的画作，她都精益求精。没有不喜欢既聪明又勤奋的学生的老师，美术老师经常把她的画作为范本给学生讲解。

母亲画笔下的雄鹰，舒翼如鹏扶摇，气势青云直上，凌空俯瞰大地，峰壑起伏自如。

母亲画幅中的骏马，一心忠诚满智慧，举目九衢大视野，立耳峻峭十方信，奔蹄向前八面风，沉着坚定一路驰骋，尽显勇往直前的奔放。

画轴上映雪的梅峭立在山崖上，化作报春的使者。荷塘中迎风的莲出淤泥而不染，亭亭玉立如芙蓉仙子。

《松鹤延年》图上的仙鹤，转身凝视的目光炯炯有神，充满了自信，白色靓羽上闪烁着淡蓝宝石般晶莹的光泽，超然之仙韵弥漫于画上。

那《秋实》图中沉甸甸的葡萄枝上，挂满了晶莹剔透玛瑙般的果实，生机盎然地散发着秋天的馨香。园下的绒绒小鸡，精灵般飞来跑去，一幅充满着人间烟火气息的农家乐画面跃然纸上……

时间飞快地流逝，转眼间，那么要强的母亲也到了耄耋之年，虽然现在搁笔不画了，但每当说起学画的往事，总是有一些说不尽的话……

浅谈方圆之内的诗意放飞

——经典诗歌学习心得

我一直认为，好的作品是思想性、文学性、艺术性三者的统一。诗歌的文学性首先体现在文章的体裁上，有观点认为诗歌区别其他文学体裁的最重要特质是文章句尾的“韵”，我赞同这个说法。

文学理论认为，诗歌的起源与音乐、舞蹈有直接的关系，古代歌谣的咏唱是伴随着音乐的旋律和舞蹈的节奏发展起来的，虽然在人类文明刚起步的时候，语言的词汇不是那么丰富，文章的体裁不是那么完美，但歌谣自诞生就与韵律和节奏相伴。在诗歌结构的相应的位置，同一韵字之规律的反复，不同句型之和谐的回旋，可以使歌谣、音乐、舞蹈三者产生效果的共鸣，从而使愉悦的情绪醇化为语言之美、旋律之美和节奏之美的交响，并且可以超越时空，广为流传。

一

据记载，最早的反映周朝各阶层文化生活的众多歌谣，经过先圣孔子精心和规范的编纂，成为诗歌的经典。十五国之《风》、大小之《雅》、周鲁商《颂》组成了《诗三百》，那整齐划一的四言，那基本规范的韵尾（古代的韵书没有流传下来，所以不能以近代或现代的诗韵来衡量古代的用韵标准），那古老歌谣所反映的自然和社会的环境，那优美诗句所描绘的丰富多彩的心灵世界……对于现代的我们，虽然有年代的久远之隔，词汇的陌生之阻，但在注疏的指引下，当我们深入其境界时，能真切地感受到时境时人情绪的脉动、心灵的感悟和诗意的盎然。

阅读《秦风·蒹葭》的诗句，“蒹葭苍苍，白露为霜，所谓伊人，在水一方”，如同来到周代的河湾，那秋风秋河蒹葭摇曳的情形，那白露霜降四季轮回的景色，那思念之情顺水之去逆水之回的曲折漫长，触动着读者的心灵。歌谣将种种情绪融入路的长、河的弯和水的深之中。规范的格律不但没有限制诗意的境界，反而因为固定的韵尾产生了循环往复效果，与诗歌意境中的顺水逆水之反复咏叹谋得内容和形式的统一，实现了诗情和韵律的和谐之美。

《楚辞》是我国文学史上第一部以个人为作者的诗歌总集，屈原被誉为“中华诗祖”。以《离骚》为代表的楚辞改变了《诗经》的四言格式，句法参差错落，全篇372句，奇句皆以“兮”字结尾。才华横溢的高阳后裔，在曲折漫长的古道徘徊思考，关于社稷美政的理想主义的期盼，关于文学艺术的唯美主义的探索，不向世俗妥协的横而不流的高风亮节，即使在困境中仍以长剑高冠为典雅装束的高大形象，如同日月的光辉，照亮战国时代的纷乱。《楚辞》那隽永的诗意，那奔放的诗情，经久不息地回荡在楚国故地的汨罗江畔，至今仍影响着中国文人的气节。

二

格律诗的黄金时代在唐朝，其语言艺术之盛况璀璨辉煌。

初唐张若虚的《春江花月夜》承乐府旧体，将月下江边的景色和月夜诗者的感怀，赋以整齐的七言和四句一换韵的独特修辞格式。从连海江水的浩渺向九天之上的月亮，从无边无际的宇宙向初见皓月的江畔，从美轮美奂的江边景色向天地人生问询，从月照水流逶迤绵延的画卷向传统题材注入思想艺术的新颖。《春江花月夜》给当代和后人留下了不可超越的诗境，被后来的文学家和诗学家誉为“诗中的诗，顶峰上的顶峰”。

盛唐李白的《蜀道难》，将乐府之诗歌形式融入起伏的峰峦之险，从古代神话的传说开篇，至英雄主义的感叹结尾。在其丰富奇特的想象、激情洋溢的诗意、雄壮豪迈的笔锋渲染中，那不可逾越的自然峦嶂上辉映着英雄路上的信心。诗言虽不固定，但全篇萦绕韵律，为传达峨眉古道上越攀越高的意象，取得了一唱三叹的艺术效果，使后来的朗诵者在那如临其境、荡气回肠的诗意征程上，深切地感受到虽“难于上青天”，但在回望艰难险阻时油然而生“山高我为峰”的宏伟气势。

三

自然的进化成就了人类的文明。

我在《关于文学创作的艺术构思之我见》中写道：“大自然神奇造化最有灵性的一笔是恩赐生命在其过程中对宇宙万有的感受。”在生产力低下的原始时代，人的感觉也是存在的，只是因为条件的限制，无法将其“感受”系统地规范地用文字记录下来。随着社会生产力的进步，人们的物质生活得到了极大的改善，人们的精神产品也愈加丰富多彩。尤其是盛唐时期，诗人那敏锐细腻的感觉启发着潇洒的诗意，将自然对文明的影响和文明对自然的反映深瀚地镌刻在语言艺术的创作之中。四季轮回的节奏，风花雪月的纷繁，高峰深峡的起伏，造化赋形的启示，拨动着精神世界的七彩琴弦，推进着语言艺术在创作实践中的进化。格律诗在韵律的基础上又增加了音律的要素，在文采上又丰富了语言修辞中的对仗格式。在唐朝一百多年前的南北朝，刘勰在文学理论经典《文心雕龙》中多次谈到，美好的自然现象对文学艺术创作风格有很多影响。早在先秦的《诗经》中，中国的古代文学就采用大量的对仗，只是唐代近体诗首次把对仗作为律诗格律的构成要素之一。

在格律严谨的要求下，诗仙和诗圣都存有流传至今的优秀诗作。李白虽然很少写七律，但只要下笔即脍炙人口，在《登金陵凤凰台》中，通过时点事物与永恒宇宙的对比，使作品一开篇就大气浩然。颔联、颈联中，那工整的对仗，势如行云流水般浑然天成，毫无雕饰之感。七言律诗全篇平仄合律，突出了平声字平和悠扬、仄声字沉郁昂然的特点，平仄之音在诗词中有规律地间隔交错，音调高低起伏自如，抑扬顿挫铿锵入耳，如音乐般和谐，增加了诗歌的魅力。

杜甫的七律诗作在全唐的格律诗中占有很大的比重，在创作中他将自己对社稷的忠诚和对民生的关注融汇于笔端，严谨的创作风格用他的一句诗即可以概括，“语不惊人死不休”。笔者感觉其代表作《蜀相》最能体现作者的情志。诗作的首联以问答的形式，表明他对诸葛亮的崇敬之意和久仰之情，颔联和颈联由远及近地从城外的“柏森森”回转到堂前的“映阶碧草”，将对诸葛亮的倾慕及伤感婉转地以诗意表述，尾联的英雄泪感染了多少时代“出师未捷”壮士之心。诗作中所表现的一望无际的风景和作者满腔的感慨，不受韵律和音律的限制，诗意地流畅，反因为韵律音律的合鸣，渲染了作者的情怀，打动读者的心灵。

四

如果说自古以来的韵文创作存在一定的浮靡之风，那么盛唐时代唐诗的复古运动即是针对这种不健康现象的纠偏。古代的创作以“文质彬彬”为君子风格，《论语·雍也》“质胜文则野，文胜质则史”。刘勰也在《文心雕龙·情采》中辩证地论述了作者情志和文章风采的关系，对“文附质”和“质待文”既对立又统一的关系做出了精辟的阐释。

唐诗的复古运动主张“文胜返质”，强调文章的“风骨”，张九龄的《感遇十二首》，“草木有本心，何求美人折”，以兰桂的清香抒发了诗人孤芳自赏的高贵品格；陈子昂在《感遇》中咏叹兰若的秀雅，悲叹年华的易逝；李白的《古风·大雅久不作》，以温润的气息、和缓的节奏紧扣主题，将儒家理念的阐释和“文质相炳焕”的憧憬寄托在诗境的言辞之中，为当时文风颓靡的诗坛扬起“中锋正笔”的风骨。纵观三位名家的诗作，在“宗经”思想的指引下，以领军人的气概与大唐诗家一起，在格律方圆之内放飞诗意，将盛世的语言艺术的盛况流传至今，为中华民族乃至世界文坛书写了辉煌的巨幅画卷。

神之笔飞来的意境

一

神之笔飞来的深蓝，更显山之高巍和水之远阔。绵延起伏的山脉，静静地俯瞰着云海涌动的浩瀚，携潜龙出海磅礴宇内，同飞马乘风扶摇天外。从昆仑启程的形胜叠起了多少道山梁，从瑶池滃漾的深沉纵横了多少道河流。

五岳那亿万年的岿然不动，将天地精华悉数化育生生世世的苍茫。高大的松柏以挺拔的态势，在周而复始的季节变换中扩增着大山的年轮。蓊郁的绿荫以不可阻挡的逶迤，弥漫着高峰和深峡的葱茏，为山之高和树之绿续写着时空的绵延。

三江源那圣洁的雪山，醇化着经久不衰的积蓄，将仙风和灵气聚集成不竭的泉涌，从大地深处腾起向上的力量。喷薄的泉，纯净的源，细腻的流，源源不断地辗转迂回，形成川流不息的江河，沿着千万亿年之久的时间向前，歌唱着无言的诗，挥毫着自然的彩，渲染着天地方圆之空间的广阔和时间的久远。

二

神之笔飞来的境界，将天之辽阔和地之博大融汇在中华五千年文明的传承之中。那与天地共存的情怀，不以时空的转移变化；那与自然共生的和谐，不为沧桑的起伏易道。

道家的自然之理，从宇宙演变的长河中阐释着变化的法则，从天地之始和万物之本感觉变化的细微和趋势，从绝对的变势和相对的定势观察着天地变与不变的深度和广度。以上善若水的品德，清明虚静地滋润万物，无论方圆曲直，随形应势地利万象而不争。

儒家的仁爱思想，从自身修心启程，逐渐通向完善的境界。在研究宇宙万有的过程中，使人对自然和社会的认识不断地深化，从根本上融通家、国、天下的道理，将和谐社会的理念贯穿始终。

三

神之笔飞来的诗意，寄托了古代文人士大夫的秋思情怀，化作抑扬顿挫的吟诵，传承着古《诗经》的风雅颂，以语言艺术特有的美感，形象地反映着时代的风貌和典型的意识。

王维在“天气晚来秋”的时节，一赋“随意春芳歇，王孙自可留”的比兴，为空的山和新的雨留下一幅山水田园的古代名篇。在他的创作中，天上的月亮由远及近安静地将银白的清芒柔和地洒满高大挺拔的山松；石上的泉流由近向远深情地为潺湲的溪水弹拨着动听的七弦；水边的竹荫一览浣纱归来的喜悦；月下的荷影一别满载的渔舟……这一幅幅浓缩了山水田园秋景的诗行，如悦耳的田园之曲，犹典雅的山水之画，将王维亦隐亦仕的情怀巧妙地融入不朽的山水咏叹之间。

刘禹锡以丰富的人生阅历和君子情怀挥毫写就《秋词》，将季节的萧瑟对人情绪的影响，平添大笔成别具一格的风景。

在秋高气爽的长天之上，一鹤扶摇直上的矫捷仙影，为奔放的诗情开辟了一路欣欣向荣的豪情和逸韵，言犹在耳地将“秋日胜春朝”的意境流传至今天。

李白在秋夜启程远游的行船上，将“峨眉山月”的艺术形象，“影入”浩如江水般的对故土和友人依依不舍的惜别情绪之中。深秋的月船伴随着诗人的航程，渐行渐深的暮影辗转在江流的湍急和山叠的崖峭之中，遮挡住友人挥别送行的视线，一程程的地名串联起李白对故乡的思念，满腔的诗意一挥而就，抒发着诗人别离故土的感慨。

神之笔飞来的高山远水意境、传统文化意境、语言艺术意境，深深地镶嵌在古往今来文明传承的诗情画意之中。

天河一隅

自2008年观看北京奥运会后创作诗歌至今已经十四年了。在未动笔之前，给自己预设了一个境界，以典雅唯美的语言文字，描述自然界神奇美丽的景致和人间善良真实的情怀。回眸过往的创作，我看到了自己对诺言的认真履行，同时感受到时代文明对自己梦想的成全，感恩上苍，感恩时代。

年轻的时候，有机会在新华书店工作，满目琳琅的书山为我之业精于勤开阔了视野；以后又在党校工作，学术理论的环境涵养了我的精神世界；退休以后孩子在完成学业走上工作岗位后，又经常为我提供走万里路的风景……这么好的客观条件，一直激发着我的主观努力，我亦在文学创作过程中饱尝了写诗的苦与甜。

怎样将自己对生活对祖国的热爱深深地植根于传统文化的博大精深和现代文明的与时俱进，是我每次创作时反复思考的主要问题。我在创作平台的个性签名“语言艺术宗经典启睿，诗歌雅韵如兰蕙传馨”，是我在文学创作过程中既要对传统文化继承又要反映自己创作风格之特色的抽象表述。我一出生父母即以蕙兰为名，经典中兰文化的诗境和世世代代诗画音乐中的艺术再现，一直深深地影响着我。

每当创作完成感动自己的时候，也是我对自己最满意的时候，也是我对生活、对生我养我的土地深深感恩的时刻。

仰望星空，“东方红”卫星的精神图腾一直辉映着我的心灵。我时常问自己，天河一隅，我四维视野的圆，直径会一直变大吗？我将一直努力。

一代代向前的征程

2016年4月，在桃花开遍沂蒙的季节，我们前往岱崮地质地貌博物馆参观学习。

随着行程的向前，那久远但清晰的向往，那从少年时代就对中国的保尔·柯察金式的英雄的崇拜，对国防军工前辈楷模吴运铎把一切献给党的崇高境界的敬仰，那曾使人热血沸腾的信仰的召唤，那曾经轰轰烈烈的军工建设战线的伟业，从心中呼之欲出。

近距离的景象映入了眼帘。长久雕琢的岩峦叠起，辛勤培育的山花烂漫，崮上草原那开阔的视野，天然佛山那慈祥的意境，与大山深处曾经热火朝天的军工建设场景，超越时间和空间的距离，纵横起伏的奇峰和峡谷，汇成壮观和谐的久久回响。无数吴运铎式的英雄，历经无数个春夏秋冬，将季节的青葱变成雪白，送别夜晚的月亮迎来早上的太阳，日夜兼程的科研成果浸润了他们的心血，精益求精的车间产品记录了他们的汗水。

是这些凝聚着心血和汗水的浩如繁星的智慧劳动成果，化作了古人梦起火箭的精神力量，腾飞国人对高歌“东方红”卫星的仰望，联合飞向太空的神舟舰队，排列北斗矩阵的组合星辰。将嫦娥玉兔的故事变成现实，为语言艺术始祖《天问》续写华章，让探索精神挥毫的笔墨，从天圆地方的亘古飞向太空，感受着天河的深远和星空的浩邈。

激动人心的英雄伟业，栩栩如生的奋斗故事，一代代对理想的憧憬，一程程对未来的向往。人在幼年时期从书中获得的精神力量，在青春年代向楷模学习的铸魂，化作求学的动力，锻造不屈不挠的毅力。前辈对国家的热爱和信仰的忠诚，陶冶着后代的情操；前人对事业精益求精的态度，影响着后人对岗位的敬重。后来人求学所选择的方向，显现着前辈一生潜移默化的影响；后来人报效祖国所选择的职业，神奇、诗意地展现着前辈的憧憬和向往。

当曾经憧憬的职位可以选择，当向往变成现实，不同方向的远景都是那么美丽辉煌。在关键时刻选择了国防科工事业，那是天意和神使，源于内心信仰的召唤，源于代代向前的征程，源于对军工伟业的敬仰，那是国防在心中力量的显现。

从幼小年纪对少年科学期刊的拜读，到陶醉于科学幻想小说；从近二十年寒窗的苦读，到迈向国防科工事业的选择。这是前辈对后人青出于蓝而胜于蓝的殷切期望和一代更比一代强的坚定向前的步履发出的召唤。

回溯化作触景生情的诗意，连接天地时空的长廊，将沂蒙山既如画的灵秀又如诗的庄严，创作出《春天到沂蒙山乡》的诗篇。从战争年代人民军队那前赴后继的流血牺牲和第一代军工人保家卫国做出的伟大贡献，再向和平年代越来越全球化的人类为拓宽视野而飞向太空的问天创举，这是英雄的伟业，这是精神的传承！

在返程途中，一位年轻的旅友发出感叹：在深山工作这么久，不枯燥吗？我不假思索地回答：那个年代的人追求的是奉献。有多少科研前辈，放弃当时发达国家优厚的福利待遇，历经险阻回到祖国的怀抱，全力以赴地将自己的智慧献给心爱的祖国。有多少大漠深处的风雨兼程，几十年如一日的勤奋敬业，连亲人都不晓得他们所从事的崇高事业。一曲《祖国不会忘记》唱出国人敬仰的心声，篇篇赞美的诗意飞向深奥的苍穹。一代代的虔诚，一代代的理想，一代代的脚步向前，这就是我们的征程。

他们中很多人没能看到现今的辉煌，我们对他们怀念的感伤化作奋勇向前的力量，在桃源最美的时节，赋一曲沂蒙诗章，告慰天堂的亲人：那北海的舰队正迎着东起的朝阳，驶向广袤的大洋；那试飞的基地正腾起银鹰，展开如鹏的翅膀在蓝天翱翔；那为建设沂蒙山乡而毅然做出的选择，正酝酿着传承的诗行。沿着前辈指引的方向，将民族复兴的浩瀚长卷，绘制得更加壮丽辉煌。

附注

1. 吴运铎是新四军兵工事业的创建者和新中国兵器工业的开拓者，新中国第一代工人作家，被誉为“中国的保尔·柯察金”。吴运铎撰写的自传《把一切献给党》，鼓舞了一代代青年人。

2. 北海舰队是中国人民解放军海军最早的海军部队，是中国人民解放军海军三支舰队（北海舰队、东海舰队、南海舰队）中实力最强、装备最为精良的一支。

与音乐之缘

我现在生活在这片土地，缘于父母亲一个偶然的决定，如果不是这种选择，我们家可能还在山清水秀的泉城。

我出生在济南，当时父亲在省商业厅工作，母亲在省人民银行工作，我学龄前的生活环境还算优越。二十世纪六十年代，父母亲响应党的号召支援沂蒙山区，从省级机关来到县城工作，所以我们家就来到现在这片土地上。随着年龄和学识的增长，我的心灵逐渐成熟，对我们家从省城来到县城的看法有了改变。父亲如山一样高大的形象，影响着我对世界的看法。父亲从省级机关到县级机关工作的决定，源于他对党无限忠诚，对事业无比敬重，对人民无限热爱的共产主义理想信仰与实际行动的高度统一，是党员干部在党和国家需要之时，所做出的必然选择。

环境的改变，对幼小的孩子来说，还是一件挺大的事情。

每个人都有爱好，我从小就喜欢音乐，尤其是器乐艺术。在当时的县城，小孩子喜欢音乐是一种挺奢侈的事。幸好父亲在孩子们都来到县城时，一直在宣传、教育、理论部门做领导工作，所以为我们近距离接受文学艺术的熏陶，提供了很好的环境，我在课余时间，非常投入地做自己喜欢的事。我很快就适应了新的环境，有了新的同学和新的朋友。父亲也很喜欢音乐，他会的曲子我都会唱。父亲是非常慈祥和蔼的人，心地善良，待人热情，待所有的人都像自己的家人。对自己的儿女更是尽心地培养教育，给我们买了口琴和笛子，我和弟弟非常投入地学习。

我在县城小学的闺蜜，家也在县委家属院，她有着才旦卓玛般宽广的音域和清亮的歌喉，她那曲《唱支山歌给党听》，至今回旋在我的记忆中。老师安排我们俩表演女声二重唱的曲目，所以我们经常在一起练习，以至于后来很多人回忆说，我和她经常一起在县委大门口练歌。我自认为没有声乐艺术之才能，老师说我适合女中音，我的闺蜜说我力气太小，因为我自小比较瘦弱。在这种先天条件的限制下，我将更多的精力投向了器乐演奏艺术，无论是电影还是舞台演出，我都尽量不落下，非常投入地观看，非常认真地记谱子，然后刻苦练习吹奏，尽管当时条件有限。

那个年代的曲子非常悦耳动听，那是一个音乐作品创作高质量的年代，尽管数量上达不到现在的规模。以后工作了，岗位离我喜爱的音乐艺术更远了，但对音乐的迷恋，使我一直没放弃唱歌和器乐演奏。工余时间，宿舍区能经常听到我的琴声，快乐的歌声跟随着我的脚步。

再后来，结婚有了孩子，工作之外的大部分时间都用在了孩子身上，时代的飞速发展，继续教育的学习紧张，以及家务的繁忙，让我离音乐渐远，但我仍然挤时间关注着音乐。退休后，我忙着学习五线谱，买了电子琴，后来又买了数码钢琴，继续我对音乐的热爱。

在浓浓年味中的回眸

——腊月随笔

时间的脚步随地球坚定旋转的周期，不急不缓悠悠然然地向前，笔端的诗意还在季节转换中意犹未尽地回味满园的芬芳，腊月那年味浓浓的米粥醇香，突然间就弥漫在家家户户的炉灶和餐桌之上。

因为昨天太忙乎了，有些累，所以今早上起晚了。一打开手机，满屏的腊八节的粥香，一下子提醒了我。于是我急忙淘米下锅点火，不一会儿香味溢出了高压锅，交织着我的思绪，仿佛压缩了时间，童年的向往映在眼前……

那是二十世纪六十年代的情景，那时候人们的幸福生活才刚刚起步，突然遇到了自然灾害，过紧日子的人们，精打细算地安排着每月的伙食，计划着仅能解决温饱的粮票的支出，期望着细粮较粗粮的比例有所提高。很多人变着花样将粗粮细作，改善着味道。有的人家将粗粮中的玉米和瓜干磨成糊糊，在煎饼鏊子上摊成薄如宣纸的煎饼。刚烙出来的煎饼可香了，很好吃，那时候有很多人家的男孩子都会烙煎饼。但是越吃越硬，隔几天后咬起来就比较吃力了。由于胶东和沂蒙山区饮食文化的不同，我们家更习惯吃县委食堂的粗粮窝窝，我也没学会做闻着香吃着硬的煎饼。

那时候，人口比现在少，成年人充分利用下班后的时间，在大院空闲的土地上，各尽其能地种植着一些农作物，以改善现有供给的不足。收获的豆类磨成糊糊同榆树的叶和槐树的花一起下锅，做成香喷喷的大锅菜，孩子们吃得津津有味，红红的小脸上热气腾腾的。我记得食堂的绿豆大米饭，虽然味道好但是数量较少，所以我那时幻想中最幸福的生活就是顿顿吃白米绿豆干饭。

时光荏苒，不觉几十年过去了，人们的日子越来越好，如今超市各种肉菜应有尽有，各种精致的菜肴通过互联网广泛传播，自己有时候竟然在做饭前想不起来什么饭菜最可口，因为胃口好所以感觉餐餐都美味。有时候忙了就顾不上厨艺了，营养第一，似乎忘记了曾有一个吃不饱的年代。看着盛在大碗中的腊八粥，突然清晰的记忆柔软了我的心灵，感恩的泪水模糊了视线……

从诗歌《仙月亮》谈语言艺术的传承

对于太阳和月亮，无论东方还是西方的经典，都有过大量的描述，后人的文学笔墨也有艺术的渲染，相关的文学作品也琳琅满目。在我十几年的创作中，直接和间接有关月亮的题材占我诗作的近十分之一。今年中秋节的前夕，自然而然地开始了月亮题材的再创作。

一

首先，我从诗歌标题的意境和表述开始思考，思绪从以下几个方面展开：

其一，中秋节的月亮诗意不同于以往，传统节日的月亮定要和传统文化紧密相连。

其二，不仅生活要与时俱进，文学创作同样如此。

其三，随着创作的深入，我对自己的要求也越来越高，对经典的传承和文笔的创新，应该是当代文学爱好者和语言艺术创作者肩负的使命。怎样写得更美更好，如何突破业界曾言，唐诗宋词已经使语言艺术创作达到了顶峰，在诗词意境和词语组合上，后人很难超越。

我在一定程度上认可“艺术不是科技，不会随时代的前进，出现后人超越前人的现象”的观点，但我同时认为，艺术在攀顶时可另辟蹊径，不走前人已经走过的路，不同的峰峦有不同的风景。从本质上讲，诗歌这种文学体裁“在心为志，发言为诗”，“应物斯感”的不同情趣会产生不同的诗意境界和不同的语言表述，时空不同，创作人不同，构思和作品自然不尽相同，但创作中另辟蹊径的能力则取决于创作者先天的才情和后天的学识。

行成于思，一轮又圆又亮的月亮从水远星蓝的天河冉冉升起，《仙月亮》的标题诞生了。

二

在《仙月亮》的创作中，引经据典去概念化，追求诗意化和情节化，以增强诗歌谋篇布局的整体性和连贯性。

李白在《把酒问月》中曾发出“今人不见古时月”之慨叹，古代较早的关于月亮的记载见于《山海经》，此后，古代神话中出现嫦娥奔月的美丽故事，诞生了月亮宫阙、桂树、玉兔，涌现了一篇又一篇传颂月娥怀念故乡的长篇。特别是在秋高气爽的中秋之夜，对亲人的怀念会通过亘古月亮的中转，遍及五洲四海天涯海角。后代文人的五古、七言、乐府、词阕等各种语言艺术的对月唱和，越来越浓地弥漫于天地方圆，形成了一道华夏特有的美丽风景。

我在《仙月亮》创作中，传承古典诗词，将天河中的月亮、嫦娥的舒袖起舞、月宫流溢的桂香、诗仙和词人思绪纷纭的惆怅感应，以“今月曾经照古人”的诗意，让不变的意象和可变的情趣高度契合，突出了标题所反映的主题，将不同年代的中秋对月咏唱有机地连为整体，独辟蹊径地展现了历代文人的不同心境及迥异的创作风格。

三

在诗歌即将结束的时候，我构思了一个中秋佳节历代文人雅士穿越时空相邀于月下，转水流觞，研墨展卷，题诗唱和赞美月亮的情节，为各自心中的月亮意境赋予美好的再现，将《仙月亮》带上艺术的高峰。

读诗到此的文友，您是否也读出了我的构思？按照文学理论的判断，与我的感受不同实属正常。因为作诗者和读诗者都是对“意象”和“情趣”契合的再创作。无论读者和作者都是将“景”与“情”高度交融，古人云“诗无达诂”，诗歌最大的美妙在于艺术上的“留白”，作者的创作给读者的朗诵留出非常广袤的想象空间，以深度体现“百花齐放，百家争鸣”的文学艺术理念，这也是古今文学艺术爱好者和创作者之所以钟情于诗歌的最根本的原因。